有味小日子

口福だより

〔日〕广田千悦子 著
〔日〕广田行正 摄影
刘玮 译

北京联合出版公司
Beijing United Publishing Co.,Ltd.

序

花香袅袅，鸟啼声声，心境不由变得愉悦，还有脚边发现花草的喜悦。

越是积极去体味季节，它越是毫不吝啬地给我们回应。它善解人意，与我们相依相伴，为我们创造出丰盈的内心世界。

也许是受四季的恩泽，把季节更迭的学问落实于生活的各个角落，这方面日本人是高手。可惜，随着生活越来越便捷，获得季节赐予我们宝贵力量的机会也大为减少。

如果你觉得，不知何故提不起精神，
可能是忘却了季节。
这时候，你需要的是各个季节的时令食物。
疲倦，或是情绪低落的时候，
这些食物会让你在不知不觉中平静下来。

所谓口福，
是指享用了美食之后的满足感。
而本书中介绍的是，享受每个季节的乐趣的方法。
时不时地做些简单的食物，
让我们一起一点一点地探索这个世界，
一点一点地重新获取季节赐予的力量。

目录

春

夏

秋

冬

——专 栏——

春

如月　二月

弥生　三月

卯月　四月

寒冷的日子还在持续

历书上却已是春季

白天逐渐转长

可以从日光中

感受到柔和的暖意

看着山野里的新芽

从严冬中苏醒过来

让我们一起汲取春的力量

蓄势以待发

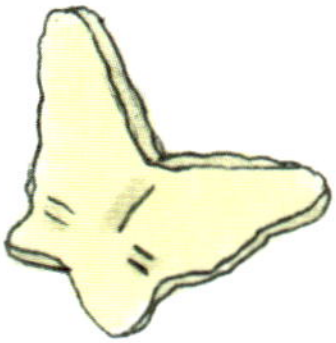

蝶糕

荻糕

红梅糕

山茶糕

菜花金团

梅最中

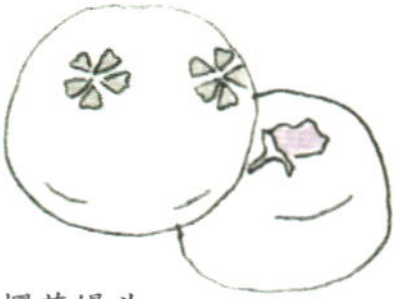

樱花馒头

蝴蝶糕

樱糕

三色团子

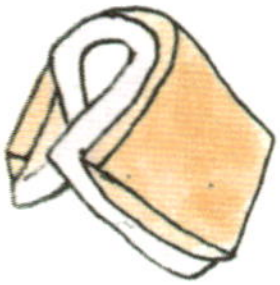

雏果子

艾蒿新芽

我家山上田垄一角，艾蒿的新芽星星点点地探出头。虽说新芽尚幼，但新鲜的香气入鼻，令人身心舒畅。

艾蒿拥有一种独特的香气，闻之疲惫一扫而光。它被用作艾糕和艾团的原料，艾叶也可用于艾灸，自古以来，用途多种多样。一年之中都能用到它，特别是现在这个季节，新芽没有涩味，清香扑鼻，最适合享用。

这春天的清香，最适合用在天妇罗里。在冲绳，它被叫作“福七叶”，当作一种蔬菜卖。用在菜饭里，或者炒来吃。

艾蒿饭

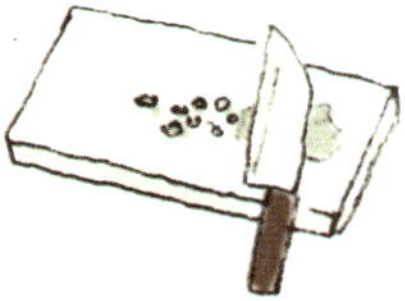

焯水后细细地切碎。

拌进煮好的饭里。

放进味噌汤里也风味别具。

背面白色，是艾蒿的标志。

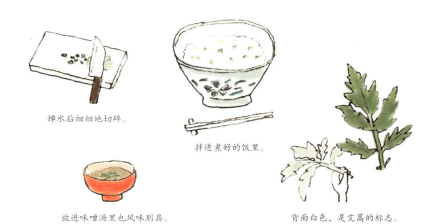

山茶天妇罗

初春时分，余寒未退。寂寥景色之中，只有红色的山茶花灿烂绽放，让人眼前一亮。大朵大朵的花落在地上，照亮了行人的脚步。

介绍一下山茶天妇罗吧。几年前，我第一次在友人家的餐会上与它邂逅。诚惶诚恐地放进嘴里，花蕊的部分稍带甘甜，花香在口中隐隐残留。

山茶中，适合食用的是野山茶花。做法很简单。取七分开的花朵，摘去花萼，裹上面衣油煎。诀窍是面衣要薄，加盐和天汁食用，是赏玩季节的一道美食。

山茶花天妇罗

宝珠瓣

重瓣

半重瓣

牡丹瓣

唐子瓣

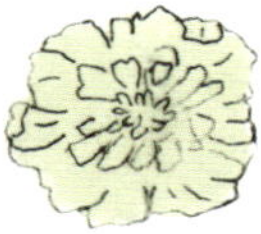
狮子瓣

插枝即可繁殖。

野山茶花很美味。

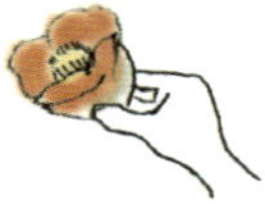
① 摘取七分开的花朵。

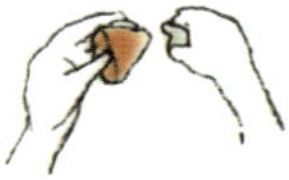
② 去除花萼。

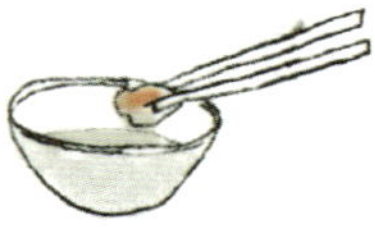
③ 蘸上薄薄的面衣。快速放进油里煎。

裙带菜

早春，裙带菜正当时令。海边，渔夫们把采来的裙带菜煮好，晾晒起来。大锅里腾起的热气，是这个季节独特的风物诗。

生裙带菜各个部位的称呼不同。我最喜欢的是“拍裙带菜根”。把裙带菜根部切掉，用菜刀细细拍打，放进笊篱，过热水就行了。入口黏韧，风味独具，适合就着热乎乎的米饭吃。

前几天，我第一次尝试把裙带菜做成天妇罗，有着海岸的香味，大家把盘子一扫而光。不过，水分要去除干净，否则油会溅出来。

裙带菜的食用法

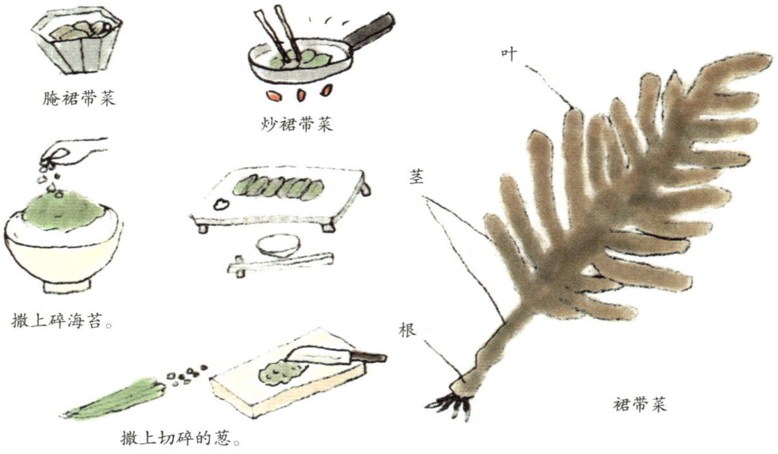

石莼

三月，我家附近海边的岩滩，点缀着新鲜的绿色。退潮时，以海面和陆地相接的海岸线为中心，布满了石莼。看到海藻就移不开视线的我，一看到这幅景象，不由得咽下一口唾沫。石莼常被用来代替海青菜，或是用作肥料。近来有些地方甚至因为石莼繁殖过快备受困扰。

正如陆地上有四季变化，海藻也受四季的影响。大多数海藻都在冬天发芽，春天成长，初秋消失，循环往复。春季是它们登场的季节，也是最美味的季节。

因此，海藻成长的季节，海岸会变得滑溜溜的，走在海边得小心。

石莼意面

① 将石莼泡发。

② 煎锅里倒入橄榄油和大蒜，放入除去水分的①，小火翻炒。

③ 将焯水后的意面倒入，加少许面汤，放入辣椒、盐、酱油调味。

香气扑鼻。

梅花筷托

从我家可以看见田垄上的梅花已经半开。绣眼鸟似乎等待已久，在花间穿梭，吮吸花蜜。走近树前，地面上开着波斯婆婆纳，款冬舒展嫩叶，春天确实来了，令人不禁心中雀跃。

此时，住在东京久别未见的友人来拜访。为了让他感受到季节之美，我摘下一枝梅花当作筷托，放在桌上。

梅花高雅的香气一下子浸染了我的心肺。香气似有似无，正合适。可爱的小巧梅花让友人不禁绽开笑颜。生机勃勃下的侘寂之美，也令人回味良久。

喜筷

两侧的尖头都可以用，
寓意神与人一起进食。
中间粗，寓意五谷丰收、子孙繁荣。
HUMAN
GOD
如同随风飘拂的柳枝般变得柔韧。
材料是柳树。

腌油菜花

春天是油菜花最美味的季节。

摘取开花前紧紧裹住的花蕾，快速焯水，撒上鲣鱼干，加酱油吃，是早春的一大乐事。可能会不小心摘下太多花蕾，要注意不要吃撑了。

如果花蕾已经微微绽出黄色，就可以做一个晚上就能腌好的“腌油菜花”。这是京都等地的名产，自己在家里也可以做。

切掉根部硬的部分，快速用盐水焯过。去除水分，撒上盐，放进干辣椒。压紧，过一两天就做好了。最适合做茶泡饭或喝茶时的小菜。

油菜花茶泡饭

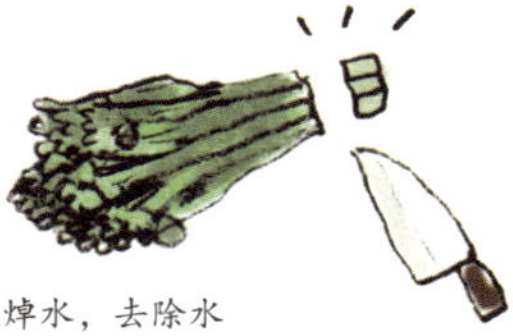

切掉硬的部分，快速焯水，去除水分，撒上盐，放进干辣椒压紧。

腌油菜花。

把腌油菜花放在饭上，倒进茶水享用。

煎油菜花

① 打蛋，放入芝士粉。（鸡蛋一个，芝士粉一大勺。）

② 焯过的油菜花浸过①，用擦过黄油的煎锅煎。

春水边

三月初的七十二候里，有“草木萌动”。望文生义，就是天气变暖，草木萌芽的意思。目光所及之处，树木枝头，都绽出了嫩绿的新芽。小河边，水芹都看起来新鲜美味。

这段时间，有很多野菜可以食用，特别是生长在水边的野菜丰富多样。在春日明亮的阳光中，水面闪耀着粼粼波光，潺潺流动的温柔水声令人心变得柔软。

水芹只要快速焯水即可食用，口感很好，独特的香味是春天的风物诗。繁缕可以拌芝麻，韭白可以腌酱菜。春天的幕布终于要拉开了。

真正好吃的野菜

韭白蘸大蒜酱
把韭白的茎和鳞茎分开，腌成酱菜。
繁缕拌芝麻
将繁缕迅速焯水，和芝麻拌在一起。
虎耳草
歪头草
费城飞蓬
炒或者煎后的味道像花生。
叶子的天妇罗像甘薯天妇罗一样清脆可口。
费城飞蓬花和花蕾的天妇罗十分美味，很有嚼劲。

春七草

根株

芜菁

叶子边缘呈波浪状
的牛繁缕十分美味。

繁缕

开水焯后拌酱油格外
好吃。嚼起来很脆。

芹菜

名字来自它们总
是竞相丛生。

萝卜

鼠曲草

毛毡一样的叶子。不加进
七草粥更好吃。做成天妇
罗很美味。

荠菜

又称奔奔草

心形的果实。

黄色的花很可爱。

稻槎草

美味野菜叶

款冬花茎

款冬酱

最适合就热饭
和茶泡饭吃。

款冬花茎快速
焯水后切碎放
入上等酱中。

长大后，茎的
部分也很美味。
适合做佃煮。

紫萼

又称玉簪

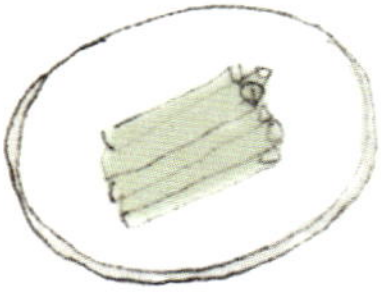

滑溜溜的茎很美味。
生吃、水煮都可以。

放进味噌汤里。

柿子叶

柿子叶天妇罗

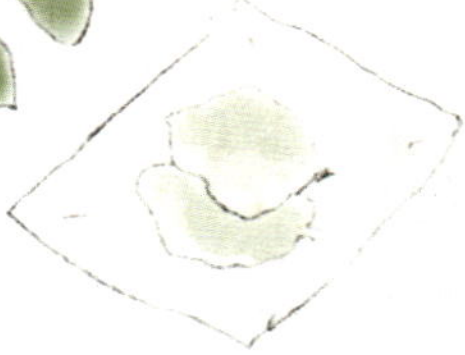

甜味正好。

柿子叶寿司

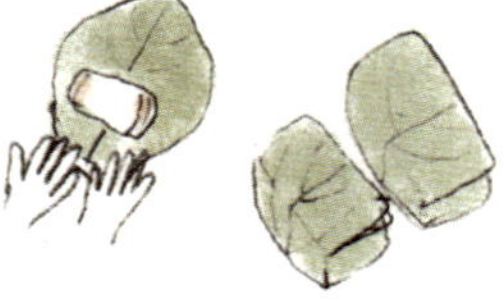

寿司饭里包上青花鱼、
鲑鱼，用柿子叶包起来。

女儿节

虽说春天已经到来，女儿节时分仍是天气微寒。古时候，这时节要去海边游玩，用草或纸做成的人偶作为自己的替身，承载自己的不洁，让它漂流进大海或是河流。据说这就是女儿节的由来。

虽说是女儿节，大人也乐在其中。什锦寿司、菱形年糕、人偶、点心，比起其他节日，食物和摆设都丰富多彩，令人心情愉快。

而且，人偶寄托了庶民对高雅贵族的向往，每一个都饱含着吉祥的寓意。看着它们，令人不知不觉心生温柔，拥有不可思议的魔力。

什锦寿司的做法

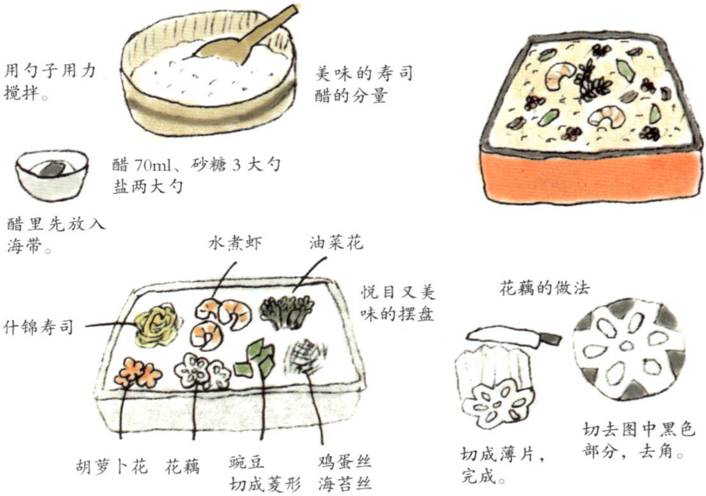

用勺子用力
搅拌。
美味的寿司
醋的分量
醋 70ml、砂糖 3 大勺
盐两大勺
醋里先放入
海带。
水煮虾
油菜花
悦目又美
味的摆盘
什锦寿司
胡萝卜花
花藕
豌豆
切成菱形
鸡蛋丝
海苔丝
花藕的做法
切成薄片，
完成。
切去图中黑色
部分，去角。

八丈草

位于三浦半岛的我家周围，八丈草的新芽蓬勃生长，似乎发出“快来品尝”的美味邀请。

八丈草大多生长在海岸线，从关东南部到纪伊半岛的太平洋海岸。从江户时代起，它就作为不老长寿之草受人青睐。它营养价值很高，可以凉拌，也可以做成天妇罗，吃法很多。我家最近常用它来做酱拌菜。

把八丈草焯水大概三十秒，去除涩味，剁碎，随自己喜好拌上适量的酱，就做好了。它像款冬酱、鸭儿芹一样，有独特的香气，喜欢的人爱得不得了，适合搭配饭团吃。

用焯过八丈草的水泡茶

把焯过八丈草的热水冷却，倒进瓶子里。放进冰箱冷却后饮用。

和小沙丁鱼拌在一起，推荐配醋、酱油吃。

焯过水的八丈草美味得令人欲罢不能。

小沙丁鱼季

对我们这些住在盛产小沙丁鱼地区的人来说，小沙丁鱼是餐桌上常见的小菜。

一月到三月上旬，是禁渔期，这段时间餐桌上很是寂寞，但正因为有这段时间，才更怀念餐桌上的小沙丁鱼。

小沙丁鱼可以吃新鲜的，也可以焯水做成鱼干。

我家最爱吃的是小沙丁鱼盖饭。热腾腾的米饭上盛上焯过的小沙丁鱼，放进生蛋黄，撒上葱片和海苔，浇上酱油。最后要记住滴几滴芝麻油，肯定能多吃几碗饭。

小沙丁鱼的种类

简易小沙丁鱼比萨
饺子皮上抹上比萨酱，放上芝士和小沙丁鱼，放在烤箱里烤熟。
晒沙丁鱼
焯过水的小沙丁鱼轻轻铺在太阳下晒干，吃起来带着甜味。
焯水
最适合就着热腾腾的白米饭吃。
小鳀鱼干
把小沙丁鱼晒干。
写作“五真米”或者“五万米”，用来庆祝丰收或是作为种田的肥料，取吉祥之意。
小银鱼
稍微长大一些的小沙丁鱼，胸部微微发光。
小沙丁鱼干
晒硬了的沙丁鱼干很有嚼劲，味道浓。
沙丁鱼的宝宝，小沙丁鱼。
下酒菜。

种下自家的蔬菜

现在，身边的绿意更浓了。田里已经到了播种的季节。这本是一桩乐事，但不知为何，总觉得心头慌张，忙得抽不出身。这是最适合播种的季节，比起平时，更要把握好时机。

不过，观察着气温和降水，每一天都变得很充实。农事的乐趣也许就在于此。

黄瓜、葱、花椰菜……从袋子里拿出种子细细观察，形状、大小各不相同。选择当地品种，开花之后可以留下种子，明年继续播种。

蔬菜的花和种子

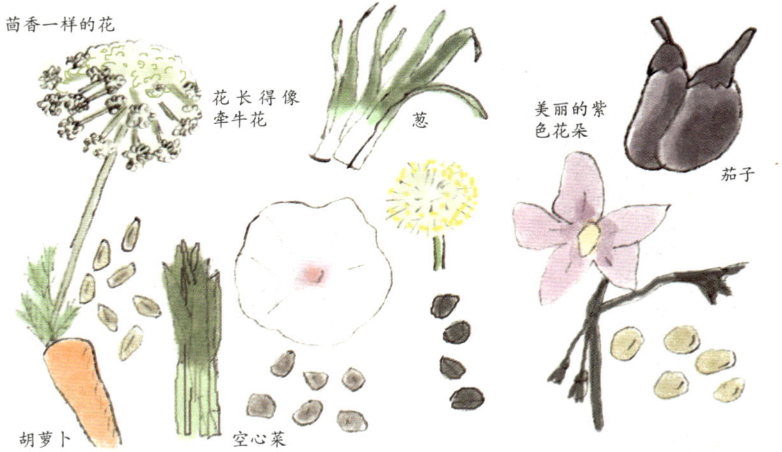
茴香一样的花
花长得像
牵牛花
葱
美丽的紫
色花朵
茄子
胡萝卜
空心菜

春天的和果子

耀眼的阳光让春天更有感觉了。心情愉快的早上，能听到婉转的黄莺啼声了。这段时间，不时还会被倒春寒袭击个措手不及，但到了这个时候，春天的势头已经无人可挡了。在春天独特的温暖气氛中喝下的茶滋味最特别。

喝茶时吃的点心，也要好好挑选。其中，和果子是这个季节最具代表性的。赏心悦目的和果子各式各样。

照片中是樱花馒头。每尝一口，腌渍樱花的香味恰到好处，令人仿佛置身于樱花满开之中。这久违的念想与和果子一起，令人乐在其中。

和果子的材料

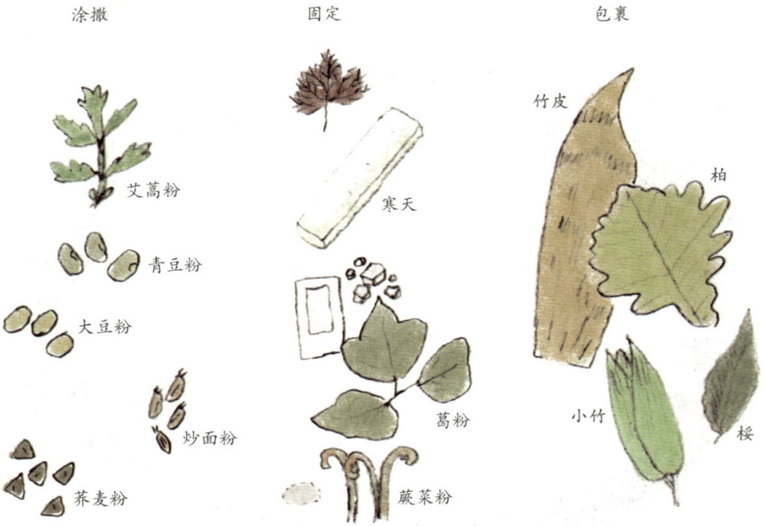

花椒的乐趣

温暖的阳光引诱人外出，来到庭院，发现焦茶色的花椒树枝头已经绽出了闪光的小小的新芽。正要伸手去摸，这才发现枝上有刺。这一瞬间，才想到“啊，今年花椒也发芽了”。

那么，今天就来介绍一道新芽饭，可以品尝到花椒新芽的清香。

米四小盒，加适量水，盐两小勺，像平常一样煮熟。煮熟后，把饭盛进碗里，拌进切碎的新芽、梅紫苏。搭配白芝麻、小沙丁鱼、裙带菜也很美味。分量随大家喜好。

花椒日历

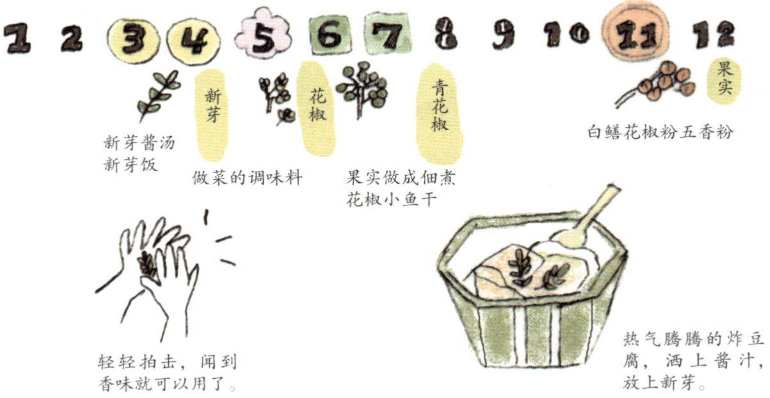

山茶糕

这个季节，新绿和五颜六色的花还未露脸，目光就自然落在了常绿树上。

这里就为大家介绍一种和果子——山茶糕，是用光泽动人的山茶叶做成的。这款和果子在《源氏物语》里也出现过。我一直很好奇尝起来是什么味道，于是试着做了。

准备了八个的分量。首先在锅里煮 250ml 的水，然后关火。撒入 170g 熟糯米干粉，盖上盖子，蒸 5 分钟。然后放进铺好湿布的蒸锅，蒸 20 分钟。拿出来后放进碗里，手上沾水，捏成圆柱形，里面包上馅。山茶叶上下包裹，柔软充满弹性的山茶糕就做成了。

山茶糕的做法

独特的团子口感
让人欲罢不能！
吉祥山茶
一年到头叶子常绿，
据说有神圣的魔力。
① 煮 250ml 的水，然后关火。
② 撒入 170g 熟糯米干粉，盖上盖子，蒸 5 分钟。
八百比丘尼传说
③ 蒸锅蒸 20 分钟。
④ 捏成圆柱形，山茶叶上下包裹。
据说八百比丘尼活到了 800 岁，幻化为山茶花。

笔头草

在春日和煦阳光的邀请下出门散步，走到每年都会长出笔头草的地方一看，笔头草已经悄悄探出了可爱的嫩芽。

草如其名，笔头草形似笔头，娇俏可爱。每次看见就忍不住想摘，只有我一个人是这样吗？

小时候，放学回家时我会摘上一大把，递给妈妈时妈妈开心的脸、握住笔头草时的手感，都令我怀念。

最简单的吃法，是摘下叶鞘，等芝麻油烧热，放进煎锅里，炒到笔头草变软，加酱油吃。刚出锅软软的时候吃起来最香。

炒笔头草

笔头草经常生长在荒地上。
酱油
醋
摘去叶鞘，烧热芝麻油，放进煎锅炒到变软，加酱油。
放少许醋去苦味，快速焯水。
去苦味后，浇上鲜酱油，也可以直接吃。

赏花便当

接近春分，恋恋不去的寒气也终于离开。似乎有个声音在呼唤我，抬头一看，樱花的花蕾已经鼓胀饱满。从此，我开始一心等待樱花盛开。

古代的日本人，似乎认为樱花盛开，就是神降临人间的神迹，比起现在的人，期待之情更甚。据说，人们聚集在一起去山上迎神的习俗，演变成了现代的赏花。花朵次第盛开的春天，是神祝福的日子。现在，我们仍然对赏花情有独钟，恐怕也是受远古记忆的影响。

赏花便当

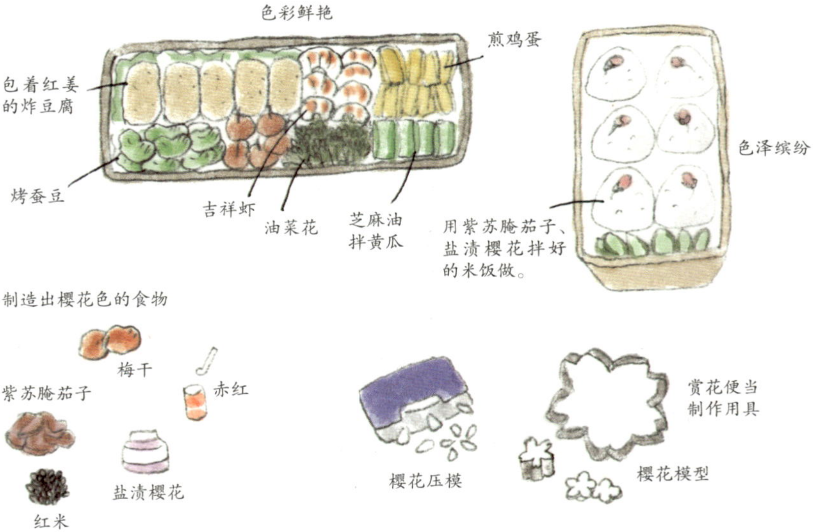
色彩鲜艳
煎鸡蛋
包着红姜的炸豆腐
烤蚕豆
吉祥虾
油菜花
芝麻油拌黄瓜
色泽缤纷
用紫苏腌茄子、盐渍樱花拌好的米饭做。
制造出樱花色的食物
梅干
紫苏腌茄子
赤红
盐渍樱花
红米
樱花压模
赏花便当制作用具
樱花模型

笋

期待已久的樱花季转瞬即逝，随风飞舞的花瓣已经飘向远方。之前每天都抬头观察樱花的花况，现在该低头看道旁的阵阵落红了。再见到樱花，应该是来年了。令人无比珍惜眼前的一切。

这时候，竹笋的季节来了。烹调竹笋要早早做好准备。一接触到空气，皮就会发黑 、变硬。柔软的笋尖适合做色拉、刺身的配菜；中段煮着吃，或是做竹笋饭；坚硬的根部适合煎或是炒。

竹笋简易去涩味

材料

米 3 合[①]
水 3 杯、竹笋 200g
胡萝卜 1/3 根
一块油豆腐

A

两大勺酒
两大勺酱油
2/3 小勺盐
一片海带

竹笋饭的做法

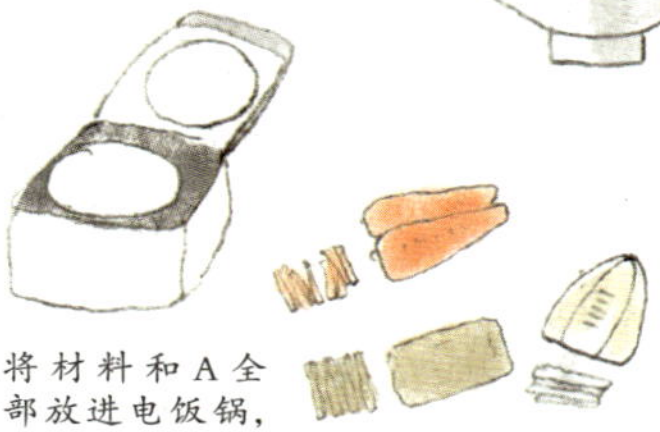

将材料和 A 全部放进电饭锅，打开开关。

萝卜擦丝法

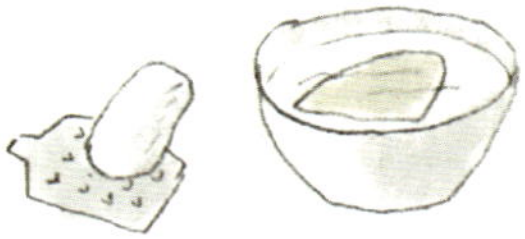

萝卜擦丝、等量的水，加 1% 的盐，放置 1 小时。

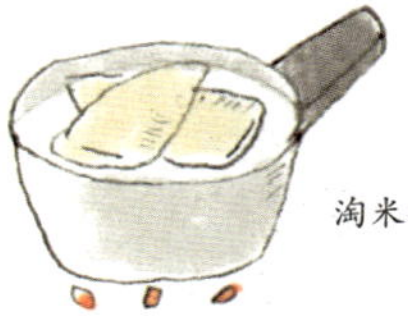

淘米水法

洗净的竹笋放进锅里，用淘米水将其浸没，加热约 30 分钟。放置至冷却。

① 合：容量单位。1 升的 1/10。

蝾螺

春天的海味，正当时令的要数蝾螺。它们是聚居在海底岩礁的海螺，壳表面的刺棘状突起惹人注目。我家附近的鲜鱼店里，十来个中等个头的蝾螺放在一个笸箩里卖。刺棘的形状各不相同，让我看得入迷。

一般来说，内海平静的海底，蝾螺的刺棘比较少，海水动荡的区域，刺棘比较多。不过，也有完全相反的情况。遗传和环境都会有影响。

就吃法来说，刺身和烤蝾螺都很美味。在夏天海水浴场我们经常吃到烤蝾螺，也许有很多人会误以为它是夏天的食物。

江之岛盖饭

用蝾螺代替鸡肉，做法和鸡肉鸡蛋盖饭一样。最后放上鸭儿芹。

烤蝾螺

用刀子、木棍或筷子刺入螺盖内侧，一边旋转一边取出螺肉。

盐渍樱花

染井吉野散尽之后，樱花树缀上了炫目的新绿。

接下来开放的是八重樱。因为它花瓣厚重，又有“牡丹樱”的别名。花如其名，花瓣繁复，就像是过去在节日和运动会时扎的纸花。

在风雅之筵上饮樱花茶，配上小菜“盐渍樱花”。“盐渍樱花”摘取开了半分的樱花，加入花瓣重量两成的盐、两大勺咸梅醋。压紧之后在冰箱里放置三天左右，倒掉水，放在笸箩里，阴干。

保存在冰箱里，适合搭配樱花饭、果冻、汤一起吃。

盐渍樱花的做法

樱花 100g、盐 25g、咸梅醋两大勺

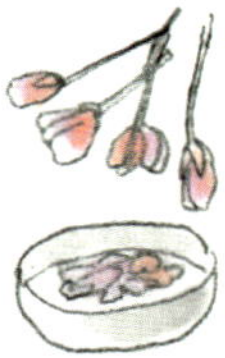

① 用水洗干净，以餐巾纸等按压，去除水分。

② 将①和盐倒入碗里，混合。压出水汽，加咸梅醋。

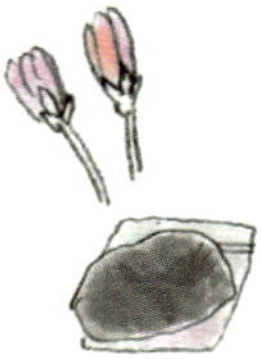

③ 放进自封口保鲜袋，压紧，放置三天左右。

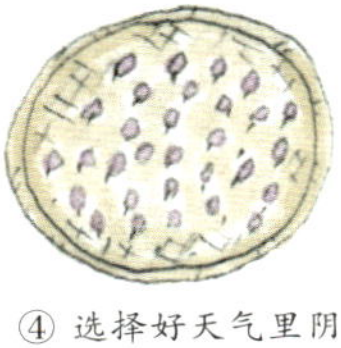

④ 选择好天气里阴干，一层盐一层樱花放进保存容器。

樱花饭

刚煮好的饭，快速混合。

樱花冻

果冻凝固之际放入樱花。

樱花茶

放入一朵花，注入滚烫的热水。

樱花浴

豌豆

豌豆的花状如蝴蝶翩翩，有红花和白花。花开完之后就会结出豌豆。

采摘豌豆的时间不同，称呼也不同。采摘还未成熟的豌豆，连豆荚一起吃掉，叫作“豌豆角儿”。柔嫩的绿色豌豆还没完全成熟就吃掉，叫作“绿豆”。完全成熟的是“豌豆”。

在自己菜园撒下种子，不用特别照料，就会自己茁壮生长。收获许多豌豆角儿，真是意外之喜，这就是种蔬菜的乐趣。摘下豌豆角儿，快速焯水，不需要调味料，就十分香甜。

豆饭的做法

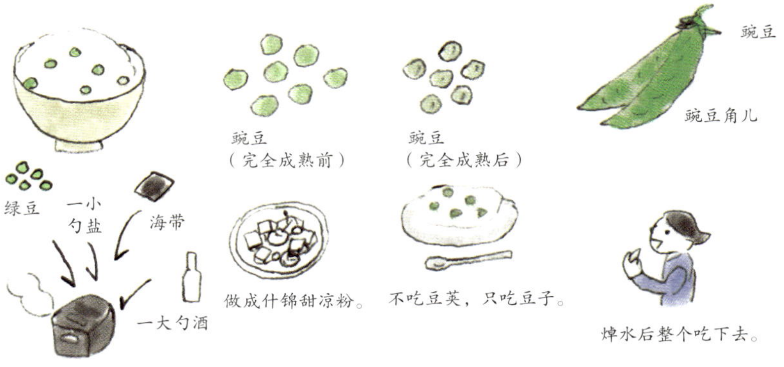
豌豆
豌豆角儿
豌豆
（完全成熟前）
豌豆
（完全成熟后）
绿豆
一小勺盐
海带
一大勺酒
做成什锦甜凉粉。
不吃豆荚，只吃豆子。
焯水后整个吃下去。

蕨菜糕

香甜滑腻的蕨菜糕令人入口难忘。本来，用来制造蕨粉的原料是蕨菜的根茎。从一根根茎上只能得到少量，而且很少见。

商品名写着“蕨粉”“蕨糕粉”，但看看原材料中，里面还混有淀粉混和物、甘蔗淀粉等代用物。

蕨粉的纯度越高，越有弹劲，入口更香甜柔滑。混入其他淀粉后，也充满弹性，令人愉悦，孩子们很喜欢。卡路里相对较低，入腹舒适，推荐作为减肥中的零食。

蕨菜糕的做法

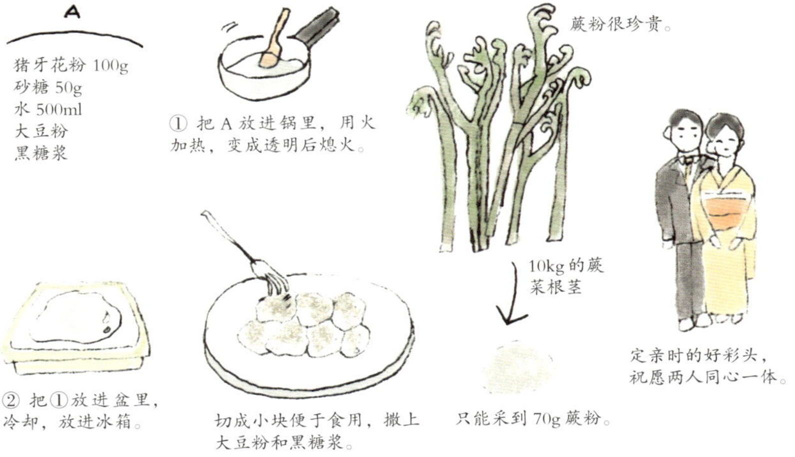
A
猪牙花粉 100g
砂糖 50g
水 500ml
大豆粉
黑糖浆
① 把 A 放进锅里，用火加热，变成透明后熄火。
② 把①放进盆里，冷却，放进冰箱。
切成小块便于食用，撒上大豆粉和黑糖浆。
蕨粉很珍贵。
10kg 的蕨菜根茎
只能采到 70g 蕨粉。
定亲时的好彩头，祝愿两人同心一体。

樱花色的甜糕

盼望已久的春天终于来了，春意正浓，喝一杯茶，在这无上幸福的一刻，又想念一盘合意的点心。于是做了一款简单的甜糕。

材料是细米粉 180g、砂糖 80g、水 150ml、食用红色素少许。把细米粉和砂糖放进耐热碗，加水混合。将溶入水的食用红色素少许放入着色。盖上保鲜膜，放入微波炉（600W）两分半钟，拿出来以后再搅拌，再次盖好，加热两分钟。

用绞干的湿布巾包住揉搓，撒上猪牙花粉，用卷帘卷出形状，冷却后切开。手工制作的好处是甜味和硬度都能自由控制。请好好享用樱花色的甜糕吧。

甜糕的做法

细米粉 180g、砂糖 80g 、水 150ml、食用红色素少许、猪牙花粉适量

① 耐热碗里放进细米粉、砂糖、水，混合搅拌。

② 向①里加入溶入水的食用红色素少许。

③ 盖上保鲜膜，在微波炉里加热两分半钟。取出来搅拌，再次放进微波炉加热两分钟。

④ 把③取出来，包进湿布巾，揉搓后撒上猪牙花粉。

⑤ 将④用卷帘卷出形状，冷却后切开。

吉祥的甜糕

模仿仙鹤蛋的形状。据说仙鹤寿命千年，寓意吉祥长寿。

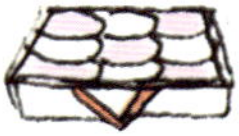

用作贺礼或是回礼

红白组合，是喜庆的标志。

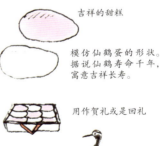

露天茶会

露天茶会，就是在野外开的茶会。春秋之季，阳光还未灼人的时节，一边享受自然一边享受一杯抹茶。

抹茶是将茶叶蒸干后，以茶臼研磨而成的。只能用新芽制作。喝抹茶，等于把茶叶全都喝进肚子，所以营养丰富。

许多人会认为应该在正式的场所细心品尝，不过也可以在更随意的场合享用。

抹茶饱含食物纤维，含有丰富的维生素 C，还含有咖啡因，适合在想保持头脑清醒的时候饮用。就像饮用咖啡一样，喝一杯抹茶吧。

用处多多的抹茶

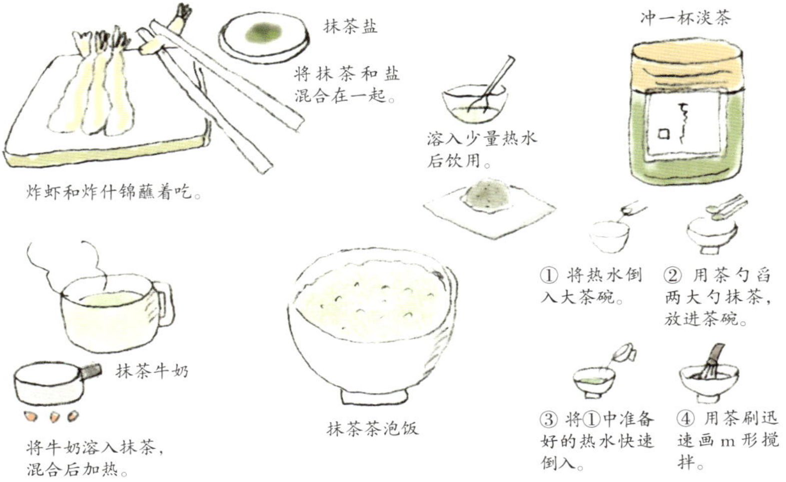
抹茶盐
将抹茶和盐混合在一起。
炸虾和炸什锦蘸着吃。
溶入少量热水后饮用。
冲一杯淡茶
① 将热水倒入大茶碗。
② 用茶勺舀两大勺抹茶，放进茶碗。
③ 将①中准备好的热水快速倒入。
④ 用茶刷迅速画 m 形搅拌。
抹茶牛奶
将牛奶溶入抹茶，混合后加热。
抹茶茶泡饭

夏

皋月　五月

水无月　六月

文月　七月

梅雨季

伴随着从天而降的

恩赐之雨

夏季来临了

春天撒下的种子茁壮成长

新鲜的夏季蔬菜迎来了

最美味的季节

调整体力和精神

迎接炎夏吧

紫阳花
粽子
青梅
七夕
水无月
金平糖
水羊羹
葛馒头
柏糕
香鱼
菖蒲

胡萝卜叶

立夏过后，天气变得忽冷忽热，气温很不稳定。

下一场雨，绿意就更浓一些。蓬勃生长的胡萝卜叶，看上去十分美味。胡萝卜叶跟芹菜一样，风味独具，有种轻微的苦涩，是一道“大人的菜”。

胡萝卜叶焯水或是做天妇罗都很美味，不过我建议的是芝麻油炒胡萝卜叶。趁胡萝卜叶还柔软，细细切碎，加热芝麻油，放进平底锅，迅速翻炒。撒上鲣鱼干和白芝麻，加少许酱油调味，就完成了。

非常适合放在热乎乎的白米饭上。让你想吃好几大碗。

胡萝卜叶天妇罗

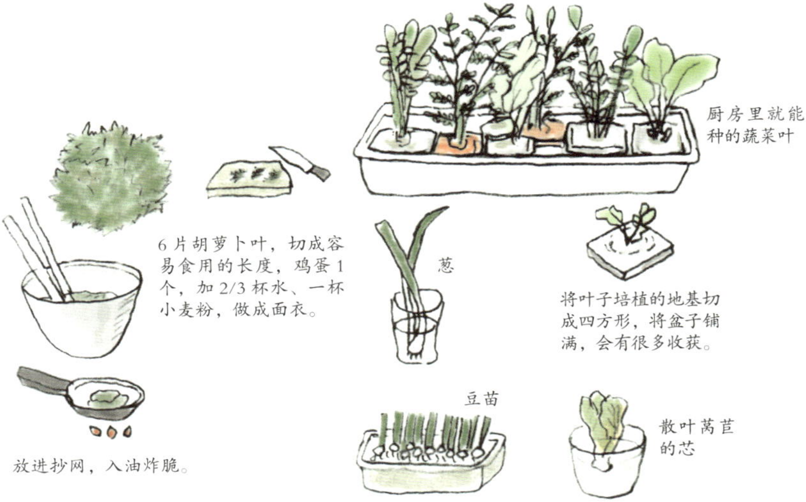

厨房里就能种的蔬菜叶
6片胡萝卜叶，切成容易食用的长度，鸡蛋1个，加2/3杯水、一杯小麦粉，做成面衣。
葱
将叶子培植的地基切成四方形，将盆子铺满，会有很多收获。
豆苗
散叶莴苣的芯
放进抄网，入油炸脆。

梅历

转眼间换了季，五月到了，树木开始结出果实。梅树也是如此。果子不大，小巧可爱，让人不禁看了又看。春天盛开的一树繁花，授粉之后，竟然结出了如此可爱的淡黄色果实，令人不禁感受到一棵树的健壮生命力。

所谓“梅历”，是古来就有、以梅花盛开作为春天开始的历法。梅花开后，追随观察梅树的变化，季节的变化更丰富地展现在眼前。吃青梅时的心情，也会变得很不一样。因为已经等待很久了。

饱尝梅树

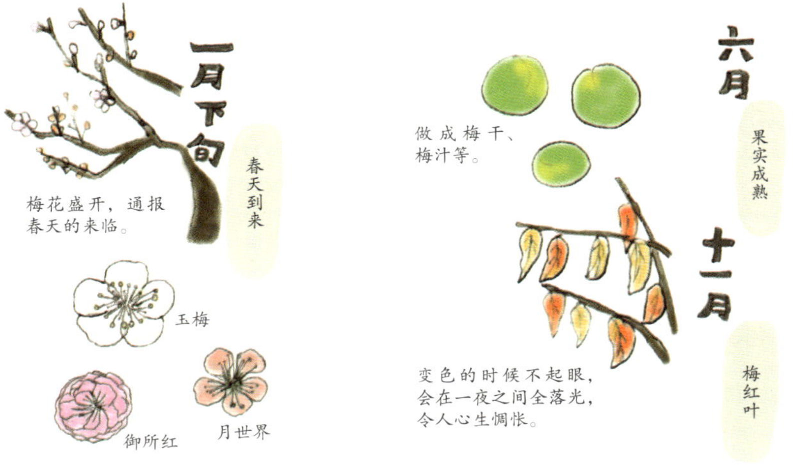
一月下旬
春天到来
梅花盛开，通报春天的来临。
玉梅
御所红
月世界
六月
果实成熟
做成梅干、梅汁等。
十一月
梅红叶
变色的时候不起眼，会在一夜之间全落光，令人心生惆怅。

腌渍青梅的做法

不用晒干，
简单易做。

青梅 1kg
粗盐 200g
红紫苏 1 袋

① 洗净青梅，在清水里浸泡一晚。

② 用牙签或者竹签快速把果蒂去掉，擦干水分。

③ 放一层青梅放一层盐。

④ 过一周左右，梅醋出来之后，放入红紫苏，最后撒上盐，放置一个月。

喝梅汁调理身体

做法

① 用热水对瓶进行消毒。

② 用清水洗净青梅，擦去水分，去除果蒂。

用牙签等工具一下子就能把果蒂挖掉，很好玩。

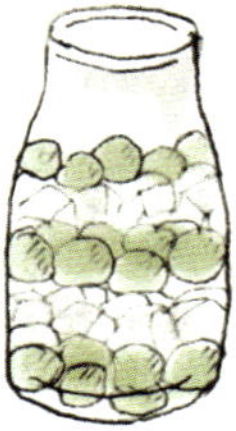

③ 放一层青梅，放一层冰糖。

④ 过一个月左右，取出青梅。

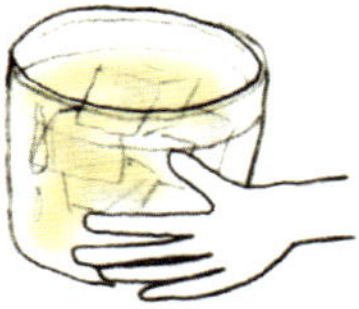

⑤ 放入冰块兑稀。浓缩梅汁的酸味让人身体健康。

用梅汁的果实做青梅酱

① 取出梅汁里的青梅。（制作梅汁约一个月。）

② 将①放进搪瓷锅，倒入水，浸没青梅，煮到青梅变软。

③ 将②里煮软的青梅放进笊篱，箅掉水，在锅上压碎、去籽。

④ 文火再熬煮，放入砂糖与柠檬。甜度自己掌握。

牛奶仙贝配果酱，风味令人怀念。

生干小沙丁鱼片

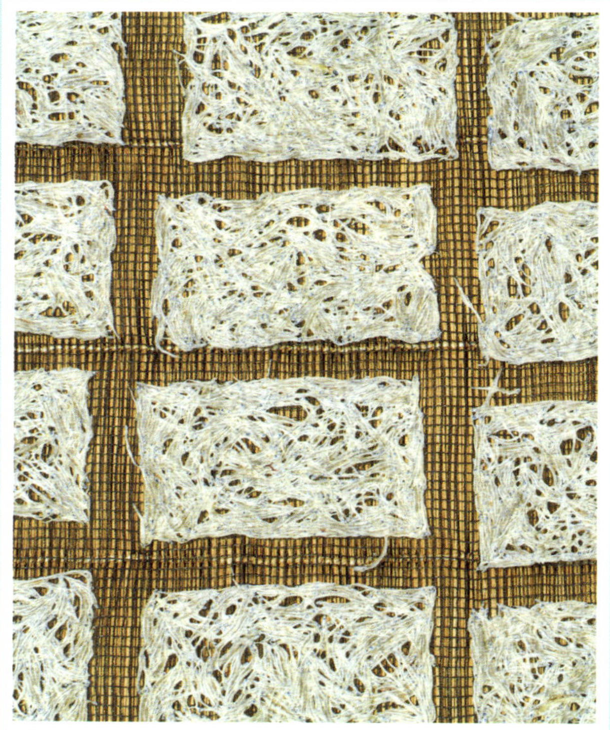

我所居住的三浦半岛西海岸，小沙丁鱼是一大名产，现在已经到了小沙丁鱼最美味的季节。将小沙丁鱼晒干，晒成薄薄的海苔状，就是生干小沙丁鱼片。

制作的过程是手工作业。渔家老婆婆把冷水浸泡过的透明新鲜小沙丁鱼，用木框绷上的细网，制成厚薄均等的明信片大小。过程就像是在造纸。

等干后，翻过来放在竹帘上，在太阳底下晒干，就做好了。在烤箱上稍微烤至变色，嚼起来脆脆的，可以做下酒菜。做成茶泡饭也很美味。

生干小沙丁鱼片炒油豆腐

1块油豆腐、海苔、芝麻油、盐、酱油、1张生干小沙丁鱼片

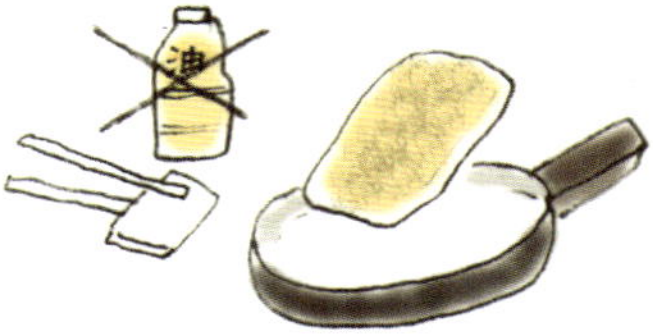

① 用平底锅煎炸油豆腐。不用放油，用餐纸不断吸走煎出来的油。把油豆腐切成细丝。

② 生干小沙丁鱼片也用平底锅煎炸，分成小片，将①与适量的碎海苔倒入混合。

③ 关掉火，加入芝麻油、酱油和盐调味。

1张生干小沙丁鱼片里约有1000条小沙丁鱼。

适合做成便当或是当作干粮。

烤蚕豆

蚕豆最美味的季节到了。蚕豆又叫“空豆”,因为它总是仰望天空,才得到这个名字。

剥开蚕豆荚，里面就像一张松软的床。珍藏于内的一粒粒蚕豆十分可爱。盐煮是最常见的做法，最近我最喜欢的是“烤蚕豆”。

将蚕豆带荚一起浸过盐水后，放在烤架上烤。用强火加热烤架后，放上蚕豆，调成中火，两面各烤 6 分钟。蚕豆荚从黄绿色变成深绿，出现焦痕，整个变软之后，就可以吃了。烤之前,蚕豆荚从旁划一道缝是秘诀。比起盐煮,更有一股清爽的甜味。

煎蚕豆

① 把蚕豆从豆荚中取出。

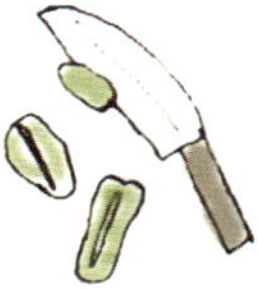

② 将蚕豆切出一条缝。

③ 用油煎②。

④ 撒上盐,就可以享用了!

带来福气的蚕豆

蚕豆的形状就像带来福气的阿多福，所以代表吉祥，也叫多福豆。

黑色多福豆的做法

① 1.8L 水里放入小苏打，浸泡一晚上。

② 换清水清洗。热水煮，变软之后加酱油、砂糖。

麦秋至

七十二候里的“麦秋至”，对我们人类来说，还是初夏，对麦子来说，这是成熟的季节，迎来收获的季节。

前几天，我去了三浦半岛一位经营面包店的朋友家的麦田。站在即将收获的麦田前，伴随吹过的风，麦穗沙沙摇晃，令人心情愉快。托麦子的福，我们能肉眼看到风。麦子也像拥有了生命，在演奏音乐。

那段时间一直是阴天，天空阴郁，麦子的力量一瞬间改变了这一切，令人流连忘返。如果是大太阳天，麦田想必呈现出一片美丽的金黄吧。

彩色蔬菜饼

小鳀鱼干
小松菜
切成 3cm
胡萝卜
切成丝
韭菜
① 将 A 与蔬菜、鱼干混合。
② 淋上芝麻油，放平底锅煎。
A
低筋面粉 100g
猪牙花粉 50g
鸡蛋 1 个
水 150ml
芝麻 1 大勺
芝麻油 1 大勺
盐 1 小勺
③ 切成薄片，就做好了。

简易苏打面包

低筋面粉 100g
葡萄干
泡打粉 1 小勺
砂糖 1 大勺
奶酪 50g
① 材料全部放进碗里混合。
② 搓成圆团，撒上低筋面粉。
③ 烤箱调至 180 摄氏度烤 20 分钟。

自制红姜丝

季节转换，天气多变，很多人也许会感到食欲不振。似乎体察到了这一点，药效高的新鲜生姜善解人意地上市了。茎块根部呈鲜艳的红色，是最诱人的地方。自制红姜丝，做成的姜丝呈淡红色，是最关键的一点。

做法是将新鲜生姜 400g 薄薄切片，撒盐混合。加入醋 400ml、砂糖 160g、两大勺蜂蜜，放进锅里点火烧至沸腾，再用中火煮 5 分钟（糖醋）。生姜放进别的锅里快速焯水，放进箅勺去水，浸入糖醋。

手作红姜丝

新鲜生姜 400g、糖醋（醋 400ml、砂糖 160g、蜂蜜两大勺、盐适量）

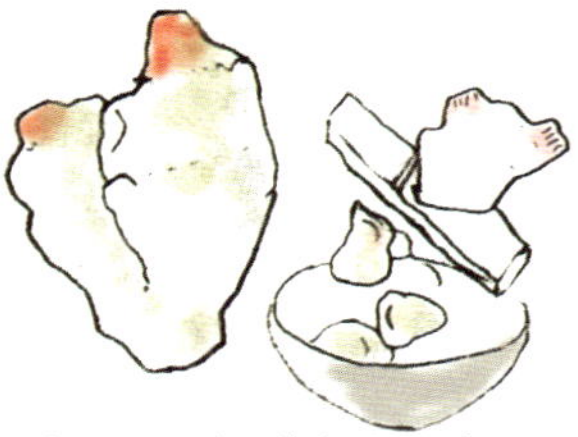

① 新鲜生姜切薄片，撒上盐。这会让姜丝变红。

② 将①放进箅勺，浇沸水。或者是在锅里快速过水。

吃的时候脆脆的。
咔嚓咔嚓！
会让身体变热。
增进食欲。
预防食物中毒。

③ 将糖醋的材料放进锅里，上火。沸腾后中火煮 5 分钟。

④ 趁②、③还热，浸入糖醋。

竹荚鱼仔

六月应声而至，相模湾一带迎来了竹荚鱼仔最美味的季节。

竹荚鱼仔指的是长约 5~13cm 的竹荚鱼，小巧可爱，让人不忍下口。

不过，因为小，不用去除内脏就能做成菜，很方便。裹上小麦粉或是猪牙花粉油炸，连鱼骨一起嚼起来嘎嘣脆，钙质丰富。

这个季节，海岸的防波堤上总能看到许多垂钓的人。黄昏时分最值得期待。竹荚鱼仔和小沙丁鱼，有时几乎只要放下鱼竿就会上钩。

做了太多油炸竹荚鱼，吃不掉的时候，建议可以醋腌。酸酸辣辣的口味，在这个带着湿气的季节，很适合做下酒小菜。

醋渍油炸竹荚鱼仔的做法

酱、汤汁 200ml、甜料酒 2 大勺 、醋 100ml、砂糖 3 大勺、酱油 3 大勺、红辣椒 1 根切碎

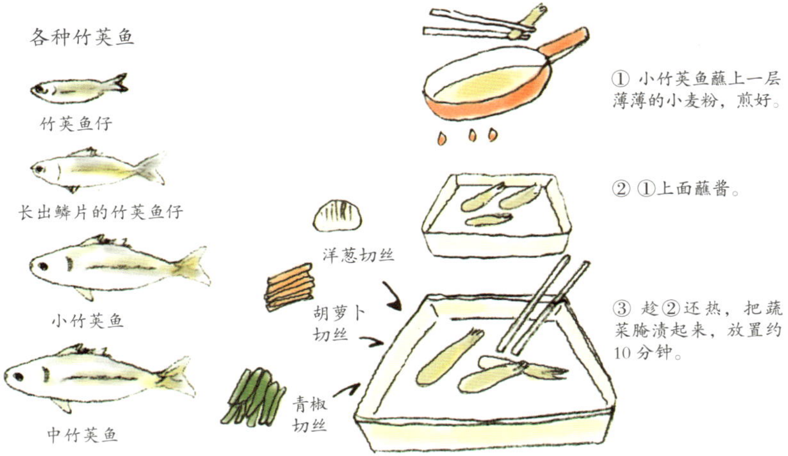

各种竹荚鱼
竹荚鱼仔
长出鳞片的竹荚鱼仔
小竹荚鱼
中竹荚鱼
洋葱切丝
胡萝卜
切丝
青椒
切丝
① 小竹荚鱼蘸上一层薄薄的小麦粉，煎好。
② ①上面蘸酱。
③ 趁②还热，把蔬菜腌渍起来，放置约10分钟。

吉祥和果子

六月十六日是嘉祥节。在疫病蔓延的时代，人们为了辟邪祈福，会把和果子、甜糕等供奉于神前，供神灵享用。

江户时代，庶民中间流行用 16 文钱买 16 个和果子，默默吃下去。就像节分时吃下吉祥寿司一样。

另一方面，京都人会吃“水无月”这种和果子，祈祷夏季的健康。这个习俗来自京都御所的皇族口中含冰祛暑。三角形代表冰，上面的红小豆象征驱除厄运。

一边怀古，一边品尝这个季节的和果子，也是人生一大乐事。

吉祥和果子

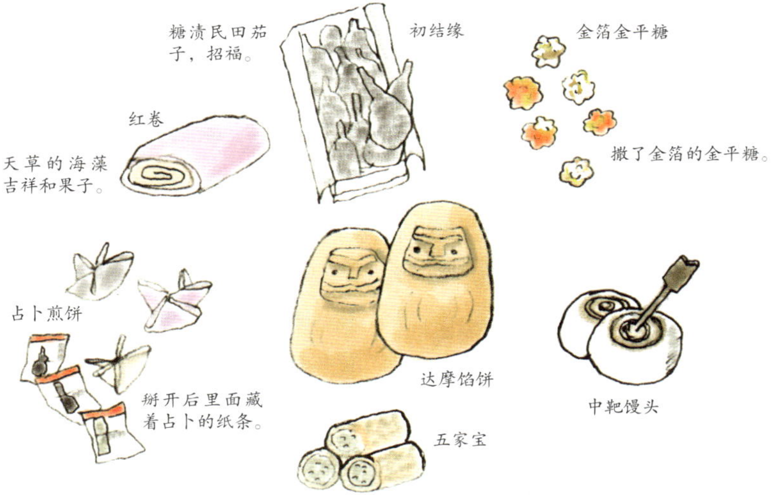
糖渍民田茄子，招福。
初结缘
金箔金平糖
红卷
天草的海藻吉祥和果子。
撒了金箔的金平糖。
占卜煎饼
达摩馅饼
中靶馒头
掰开后里面藏着占卜的纸条。
五家宝

枇杷

梅雨季的果物，要数枇杷最美味。

后山树枝上沉甸甸结果的枇杷也渐渐变成了金黄色。

枇杷的白色花朵并不起眼，花期是在冬天。去年冬天盛开的花总算结出了果实。果实味道固然美味，枇杷籽做成的枇杷精华在我家更受欢迎。

把吃完果肉的枇杷籽保存下来，放进 35 度的烧酒里腌制，过一个月左右取出，带着浓浓的酒香。对治疗虫咬或是轻微烫伤有奇效。在蚊虫难防的我家，成了必需品。没有枇杷籽，可以把叶子切碎，照同样的办法腌制。

叶子比枇杷籽温和，皮肤敏感的人建议用叶子。

制作疗效显著的枇杷叶精华

① 把枇杷的叶子剪成 2cm 左右宽。
烧酒 2L
枇杷叶 150g
② 将①放入 35 度的烧酒中腌渍。夏季泡 1 ～ 2 个月，冬季泡 3 个月。
也可以用枇杷籽做。枇杷籽做成的药效更强。
水果味的清新香气。
轻微烫伤。
直接饮用一杯，体质弱的人可以强化内脏。
用作漱口水。
很方便，随时可以用，几乎可以永久使用。
腰痛可以用浸泡过枇杷叶精华的湿布来敷治。

清凉和果子

晴朗的天空出现了夏天的颜色。想早日告别梅雨季的阴天，但一想到接踵而至的是夏日的强烈日照、令人窒息的热风，不禁开始思量，今年的夏天不知道怎么过。

日本人一直以来绞尽脑汁度过酷暑，我们会悬挂风铃，在风铃的清脆叮当声和摇曳中获得安慰。

这个季节的和果子，在形、色、名、香等各个方面都体现着夏天的魅力。品尝夏天的和果子，像一阵清凉的风吹过来。和颜色美丽的绿茶一起享用，感觉有祛汗生津之效。

手作水羊羹

豆沙馅儿 250g、琼胶粉 1 小勺、水 200ml

① 将水和琼胶粉一起放进锅里，开火煮 2 分钟左右，烧至沸腾。

② 熄火，加入豆沙馅儿，搅拌混合，再次开火，烧至沸腾。

③ 将②倒入盆子之类的容器里冷却，放进冰箱。

放进杯子里更方便食用。

黏黏的，入口即化。

西红柿干

日本制作食物干的历史悠久，干饭（参照 P179）、萝卜丝干、麦糠等，多种多样。营养丰富，可以长期保存，很受欢迎，每家的厨房里肯定有一两样必备。

在这里，向大家介绍夏天的蔬菜里最常见的西红柿做成的西红柿干。

西红柿切成梳子形状，放在笊篱上晒一天。放入低温烤箱里，烤上 20~30 分钟，就做好了。水分蒸发掉后，味道很浓，更加好吃，口感也更好，带有水果般的甜味。可以直接食用，也可以加橄榄油、大蒜，放进意面和比萨里，随便你怎么吃。

腌茄子和西红柿干

① 茄子切成 1cm 厚的圆片，在水里浸泡。

② 将①用橄榄油两面煎。

③ 将②和西红柿干泡进腌汁里。

可以拌章鱼块。

金枪鱼、青椒也适合。

放进大蒜更美味。

腌汁

橄榄油 2 大勺
白酒醋 1 大勺
盐少许

制作西红柿干

意大利西红柿

小西红柿

推荐使用小个头的西红柿

切成梳子的形状，放在笊篱上。在太阳底下晒干。

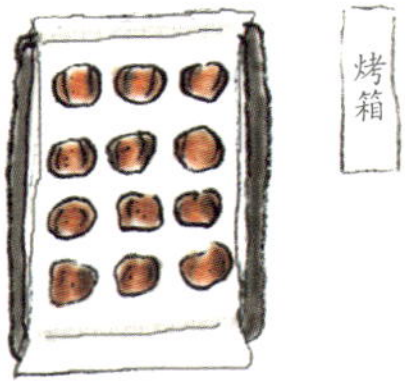

铺好垫纸，在 120 摄氏度的烤箱里慢慢烤上 2 小时。

伏天蚬

到了一年最热的时节——伏天。为防止苦夏，很多人会食用伏天的鳗鱼，导致伏天的鳗鱼价格居高不下。用伏天蚬来代替怎么样？

跟冬季寒冷季节的寒天蚬相比，伏天蚬味道不见得特别好。但有句老话说，“伏天蚬是肚子的良药”，会给苦夏的身体提供丰富的营养。

蚬要去沙，可以用 1% 的盐水（1L 水加 2 小勺盐）。去沙后，分成小份，冷冻起来，反而更美味。加水一起放进锅里煮沸，关小火放入酱，撒入葱，蚬酱汤就做好了。

绍兴酒渍蚬

让蚬吐沙，用热水
，让蚬开贝。
混合调味料比例
酱油 2 勺
水 2 小碗
绍兴酒 1 勺
砂糖、醋少许
大蒜、红辣椒丝
各少许
把①一起腌进混合
味料。

蚬的药效

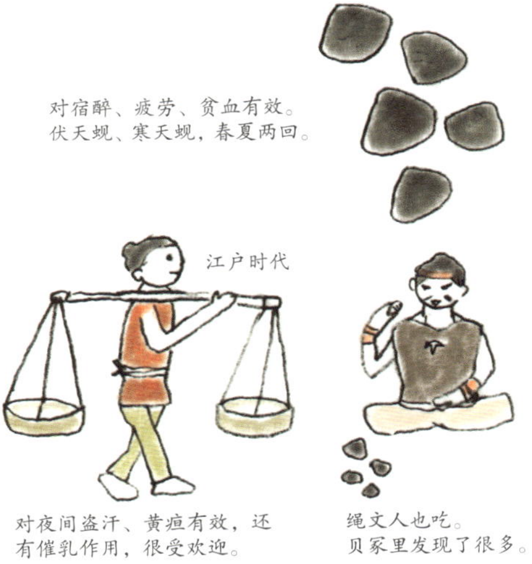
对宿醉、疲劳、贫血有效。
伏天蚬、寒天蚬，春夏两回。
江户时代
对夜间盗汗、黄疸有效，还
有催乳作用，很受欢迎。
绳文人也吃。
贝冢里发现了很多。

天草

闷热的天气持续，令人向往清凉的食物。一眼看上去就令人心生清凉的食物，非凉粉莫属了。

将叫作“天草”的海藻焯过水后，在太阳底下晾干，重复四五次。紫红色的天草会脱色，变成黄色的“干天草”。煮烂之后，冷却凝固就得到凉粉。用凉粉模子压成小块，加上酱油、醋和黑糖浆就可以吃了。

自己制作干天草，口感甘醇，口味丰富，令人惊喜。用舌头品尝凉粉四方的棱角，也是一大乐趣。

凉粉食谱

蔬菜虾冻粉
将拉面、酱油和高汤加入水溶的琼胶粉。用中火加热冷却后得到琼胶液。往玻璃容器里加入小西红柿、秋葵，倒入琼胶液。
弹性十足的米饭
加入米饭中蒸煮，让米粒充满弹性，更加美味。
粉寒天
琼胶粉是好东西。
简易果冻
将拉面、酱油和高汤加入水溶的琼胶粉。用中火加热后冷却。
这是海藻。
饱含食物纤维，对便秘和减肥有奇效。

夏季甜酒

梅雨过后，酷暑持续，这时最推荐的饮品是甜酒。

甜酒被大多数人认为是“冬季寒冷时期的饮品”，但“甜酒”这个词明显是夏天的季语。在江户时代，它是一种营养饮料，人们喝它可以防止苦夏，恢复疲劳。

往米粥里放入曲子，发酵一晚上就变成了甜酒，是现在很受欢迎的一种发酵食品。有人叫它“一夜酒”。市面上有卖，自己家里做起来也很简单。

温热的甜酒可以温暖身体，在酷暑的日子里，喝一杯冰冻甜酒，多少让这个夏天不再那么难熬。

曲子的用法

万能酱油曲子
浇在油豆腐上。
好吃！
酱油 150ml、曲子 150g
一天搅拌一次。把酱油和曲子混合在一起，在常温下放一个礼拜。
拌煮好的豆子（金时豆很美味）。
盐曲卷心菜
卷心菜和萝卜切丝
将盐曲和胡椒放进去搅拌。
管状的盐曲使用更方便。
美白水
曲子 50g
热水 400ml
① 曲子揉碎放入水里 2 ～ 3 小时。
② 用纱布或布巾过滤，就做成了。
浸纱布冷敷。

杏

七月上旬，在七十二候上是“暖风至”的季节。置身于闷热的风中，很多人会感受到自己体力的消耗。

在这段时间里，杏子迎来了收获的季节。从小时候起，我就最喜欢香味好闻的干杏和庙会日的杏子，虽然实际上并不知道结满杏果的杏树是如何一番景象。几年前，友人带我看了他家庭院里的杏树，原来杏子和青梅差不多啊。

摘取杏子尝一尝，并不太甜。据说掉落之前或是掉落之后吃，会更甜。建议做成果酱或是果子露。酸酸甜甜的滋味会将初夏的疲劳一扫而光。

杏子酱的做法

杏子 300g 、砂糖适量

可以保留果皮。
取出果核。
做成果昔
加入果汁
做成酸奶
搭配冰激凌
杏子鸡
把杏子放入锅里。放入砂糖，
盖住杏子，开小火煮。
鸡肉搭配果酱、酱油、红酒
混合的酱汁。放入 180 摄氏
度的烤箱里烤 20 分钟。
搭配奶油干酪和
薄煎饼

花冰

“驱暑”这个词指“喝药祛暑”，或是“举办活动，让因酷暑疲劳的身心恢复健康”。

所谓喝药，是指饮用冷却的葛粉水和枇杷叶煎煮的药汤，从身体内部开始祛暑。

日本人喜欢用风铃等物件，通过影响眼睛、耳朵等五感来祛暑。今天介绍一下花冰。

就是用制冰机做冰的时候，放入菊花等食用花。有个秘诀。冰箱里的水要冷却一段时间后再放进花，然后，放在冷冻室里冷冻，变成透明的冰后，看上去无比清凉。

花冰的制作方法

制冰盒里放入花和水，薄冰成型后，按压进去，补充水。

放进容器里降温祛暑。

放进果汁里很悦目。

可以食用的花

流水挂面

看看太阳和高高的天空，季节的变化一目了然。不过，残暑的酷热还在持续。无精打采的时候，不妨在家里开个流水挂面席，大家乐一乐。

首先，将 2m 左右的竹子竖劈成两半，削平竹节疤。把破开的竹子结合成一条水道，用水管注入水。

挂面放进水里，白色的挂面在潺潺的水中流动，十分雅致。大人小孩，开心地捞着挂面，总会不知不觉吃胀肚子。

调养身体的药食

拌芥菜
芥菜种子拌酱。可以增进食欲，防止食物中毒。
姜片
提高注意力，帮助消化。
红白萝卜泥
萝卜切口塞进两三根辣椒，刨成丝。
青柚子
榨汁或是切片，可以促进骨胶原生长，可以作感冒药。
绿紫苏切丝
生姜切丝
鸭儿芹
胡葱切小片
萝卜芽
混合药食
配茶泡饭
面类
保存起来，搭配米饭、面食、刺身、色拉、汤菜，都很方便。全都放进冷水中焯，沥去水分。放进自封口保鲜袋。放进冰箱长期保存。

盂兰盆节

每年，远远听到盂兰盆节舞蹈的鼓声，放烟花的声音、线香的味道，都让人不知不觉心生悲哀，各种回忆都涌上心头。

对我来说，盂兰盆节这一天很特别，要和平时不怎么见面的亲戚一起度过。我那热爱旅行的曾祖母，在朋友去世的日子，必定要吃精进料理。我很喜欢听她说话，她曾经告诉我，盂兰盆节就是怀念已经不在这个世上的人的节日，当时我似懂非懂。

小时候，我对盂兰盆节没有太多的感觉，不过那时候我幼小的心应该也感受到了大人们向看不见的东西寄托的一片心意吧。

意味深长的精进料理

冷汁
① 材料放进研钵，搅拌研磨。也可以用搅拌机。
熟芝麻 1/4 杯
酱 150g
生姜擦丝 50g
黄瓜丝
绿紫苏切丝
② 取两大勺①，放进食器。
③ 往②上放黄瓜和绿紫苏，放入水和冰，待其融化。
焯过水的面
④ 将挂面和乌冬面放入③后食用，光是汤汁就很美味。

车麸饼
① 将车麸饼浸过生姜、酱油后轻轻压干。
② 小麦粉溶入水中搅拌，将①放入裹上面衣，撒上面包粉。
③ 放入油中快速煎炸。

西瓜奶昔

我居住的三浦半岛是著名的西瓜产地。到了夏天，附近的直销店里摆放着很多西瓜。表面不太干净、样子不太好看的西瓜，500 日元就能买到一个，非常便宜。

切开吃，也非常美味。夏天我家最受欢迎的是西瓜奶昔，只要有搅拌机就能做。

两人份的材料包括：1/4 去籽的普通大小西瓜（果肉）、冰约 150g（制冰模子里做出的冰块 8 块）、小西红柿 2 个、薄荷叶 5 片，把这些都放进搅拌机。放小西红柿是为了调出淡淡的酸味。最后放 1 片薄荷叶，就做成了。

推荐奶昔

绿色奶昔

菠菜
苹果
香蕉
苹果
香蕉

腌西瓜皮

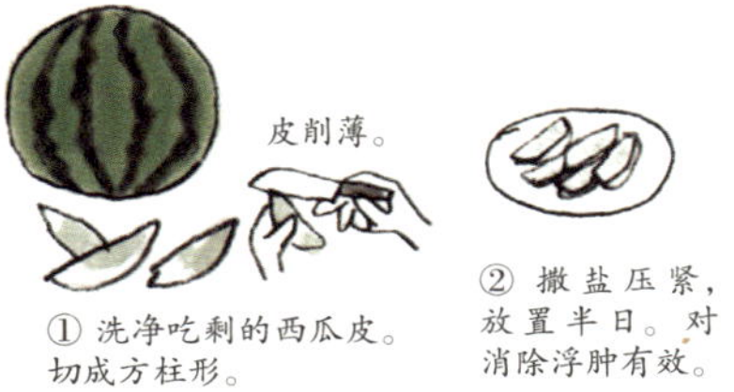
皮削薄。
① 洗净吃剩的西瓜皮。切成方柱形。
② 撒盐压紧，放置半日。对消除浮肿有效。

卡路里满满。
香蕉 & 酸奶
明目。
悬钩子
蓝莓
香蕉
钙质满满。
熟黑芝麻
豆奶
香蕉

秋

叶月　八月

长生　九月

神无月　十月

硕果累累的秋天终于来了

让人身心舒畅

水果和新米

美味的食物

都在这个季节上市

和重要的人

一起分享大自然的恩惠

不要忘了怀着感恩之心

一起享受这漫漫秋夜吧

枫

红叶

月饼

玉菊

金锷饼

茶通

蒸栗羊羹

月见团子

桔梗

稻穗

麦印糕

酱油渍青椒

过了立秋，早晚不时会感到凉意，但白天日照仍然强烈，道路上的阳光依然晃眼。酷暑的余威尚在。

给大家介绍这个季节最适合的祛暑食谱：酱油渍青椒。用牙签在青椒上戳出小洞，放在铁丝网上烧或是放入烤箱烤，青椒变软后，放进瓶里，浸入酱油，就做成了。

光是这样已经很美味。切成丝后搭配凉拌豆腐、色拉、刺身，或是清淡炒饭、意面，也很美味。不过，要小心会辣得你嘴唇像着火。

酱油渍青椒

青椒 10 根、酱油 100ml

青椒戳洞，放在烤箱里烤。
烤软后和酱油一起放进瓶里。

酱油渍青椒切小片，
放在农家奶酪上。

直接放在热乎乎的
米饭上。

给面调味。

放在豆腐上。

五香章鱼饭

残暑让人提不起胃口，这时候，我向大家推荐用当季的章鱼做的五香章鱼饭。

绿紫苏、生姜等香辛蔬菜，口味清爽，经常用在挂面和凉拌豆腐里，有很多人应该已经吃厌了。不过，这些香料和饭一起吃，反而有种新鲜的感觉。

做法很简单。材料是煮好的章鱼、绿紫苏、生姜、毛豆、白芝麻、醋、酱油和米饭。分量随个人喜好。把章鱼切成薄片，绿紫苏、生姜切成丝。毛豆焯水，去豆荚。米饭和材料一起放进碗里混合。最后洒醋，就做成了。

五香章鱼饭

煮熟的章鱼、白芝麻、绿紫苏、醋、生姜、酱油、毛豆

除了醋以外，其他的材料和饭一起都放进碗里，搅拌混合，最后洒上醋，就做好了。

章鱼和半夏生

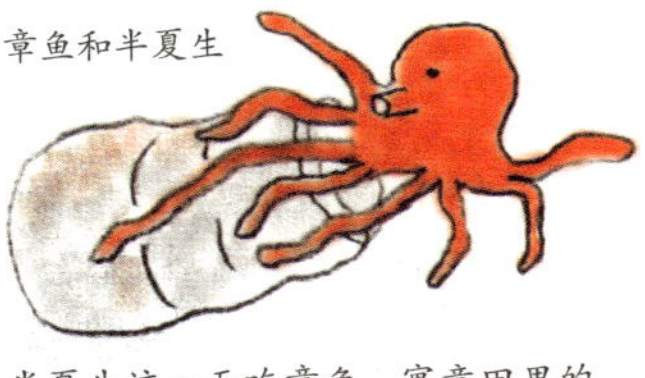

半夏生这一天吃章鱼，寓意田里的水稻能像章鱼的脚一样紧抓土地，祈祷根基牢固。

生姜寿司

快到季节了，往生姜叶丛生的地方一看，湿土的芳香中，能发现已经开了花的生姜。

淡奶油色的小朵花，从茎上探出头来，看起来楚楚可怜。

切成丝搭配面类和凉拌豆腐，味道更好。不过搭配起来最美味的还是天妇罗。我第一次吃是在伊豆七岛的御藏岛，几乎让我吃得停不下来。

我最想推荐的是生姜寿司。水里放盐和醋，加入砂糖，调成自己喜欢的口味。生姜蘸过汁后，放在捏好的小巧饭团上。用梅干代替醋，味道也很好。能让夏天疲劳的身体重获生机。

生姜寿司的做法

甜醋，生姜约 12 个、醋 4 大勺、砂糖、水各 2 大勺、盐少许

① 生姜切成两半。

② 将①快速焯水，蘸甜醋放置约 30 分钟。

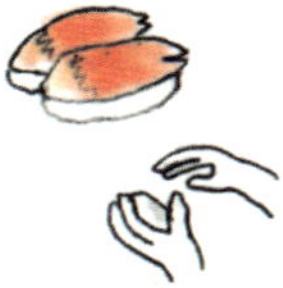

③ 将②放在捏好的寿司饭上，整理一下。

生姜的一年

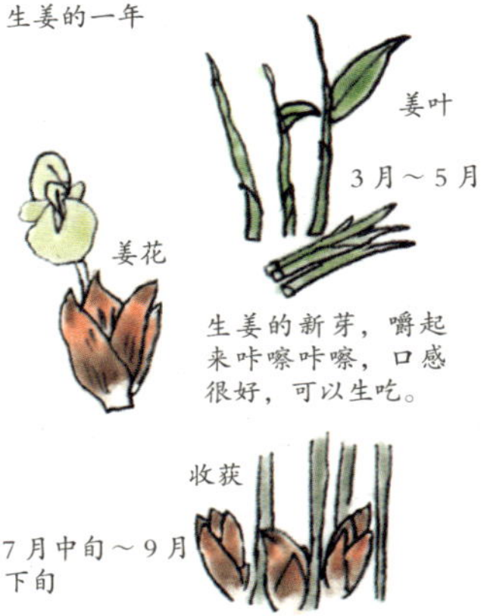
姜叶
3 月～5 月
姜花
生姜的新芽，嚼起来咔嚓咔嚓，口感很好，可以生吃。
收获
7 月中旬～9 月下旬
夏天收获的叫夏姜，秋天收获的叫秋姜。

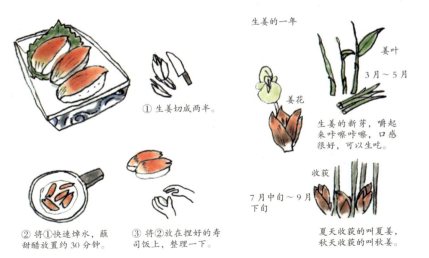

梅姜茶

每天还是感觉很热，但日历不知不觉已经翻过了立秋。偶然感受到吹过的风，抬头看看天空，感觉季节确实变了。这个季节，苦夏的人也都出动了。身体早一步做好准备，就能愉快地迎接新的季节。

让身体清凉的夏季蔬菜和凉菜要适当减少，多吃能暖身体的东西。

梅姜茶就能调整身体。茶碗里放进压碎的梅干，滴进两三滴生姜丝压出来的生姜汁。放 1 大勺酱油，倒进热茶。能让苦夏的身体从疲劳中恢复。

梅姜茶的做法

三年粗茶
150ml
恢复疲劳，
调理肠胃。
生姜汁
两三滴
梅干 1 个
酱油
1 大勺
三年粗茶
150ml
缓解宿醉，
治疗腹泻、
胃痛。
生姜丝
梅干 1 个
酱油 1 大勺
食疗解水毒
炒冬瓜皮
冬瓜皮切丝，和
调料一起炒。
芝麻油 1 小勺
砂糖 1 大勺半
酱油 1 大勺半
甜料酒 1 大勺
炒苦瓜
苦瓜去瓤，切片后
清炒，放进干制鲣
鱼，加酱油。
玉米须茶

核桃

北海道的妈妈寄来了秋天的手信，捎来了核桃。小时候，家里的后院就种着核桃树。后来不知什么时候砍掉了。但我心里仍然期待着包着厚厚的果肉的核桃果从树上掉落下来。

剥开烂熟的果肉，用石头敲开果壳，快乐地吃着核桃仁。核桃壳很硬，里面的构造纤细，要完美地取出核桃仁很困难。

但是，孩子们还是竞相争食，还是因为核桃美味。我砸开寄来的核桃的壳，取出核桃仁，香味和以前一样。小小的核桃仁上，微微渗出一层甘甜的油。

核桃壳的用处

毛毡球针包
做一个毛毡球，
塞进核桃壳。
核桃蜡烛
市面上卖的蜡烛剪
掉芯放进核桃壳，
倒入熔化的蜡。

完美地剖开核桃

① 放在平底锅里干炒。

② 果壳的裂缝用刀撬开，就啪地打开了。

葛花

沿着山间小路走，会看到小巧的紫红色花点缀着地面。抬头看山岩，葛花正垂下来。

葛花是秋七草之一，因为它的根茎含淀粉量高。会被做成叫作葛根的中药。它的花也有药效，干燥后就是生药“葛花”。葛花泡的茶有缓解宿醉的功效。

不光是花美，随秋风翻过的叶子背面呈现出白色，也让人眼前一亮。平安时代(794—1192)，有很多和歌歌咏它。看到葛花，仿佛能触摸到静观天地的平安人的心境。

秋七草

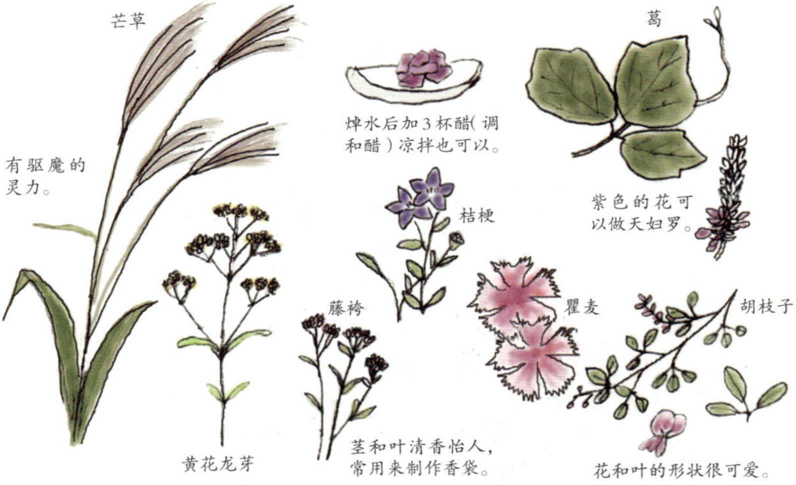
芒草
有驱魔的灵力。
焯水后加3杯醋(调和醋)凉拌也可以。
葛
紫色的花可以做天妇罗。
桔梗
黄花龙芽
藤袴
茎和叶清香怡人，常用来制作香袋。
瞿麦
胡枝子
花和叶的形状很可爱。

畦豆

田畦边种植的毛豆“畦豆”迎来了秋季的收获期。

“畦豆不年贡”，过去，畦豆因为种植在田边畦道上，不属于上贡对象。苦于赋役的农民当然很喜欢这种农作物。

我所居住的三浦半岛叶山一带，它叫作“田畦豆”。味道鲜美，收获量不多，作为当季农产品，很受欢迎。每年，农家的直销点都摆放着这种豆，马上就会卖光。

我推荐大家连着枝叶一起买。从枝上剥离后，味道马上就会逊色。

冷冻毛豆的妙用

为便当保鲜
橄榄油清炒
解冻后的毛豆，加橄榄油、盐、胡椒清炒。

盐水毛豆很美味

用剪刀剪取蒂更入味。
煮毛豆用的水与盐的比例最好为100:4。
自然冷却
放进自封口保鲜袋，放在冰箱里保存。

干姜水

想尽了各种办法祛暑，季节也渐渐进入秋季。虽然明知暖茶对身体有益，在残暑之中，仍然无意端起茶杯。

口中黏滞，需要滋润。能满足这种需求的，就是手作干姜水。干姜水能让喉咙清爽，整天待在空调房里变得松弛倦怠的身体，也会焕然一新。

生姜 200g 连皮切成薄片，加水 250ml、砂糖 150~200g，如果喜欢，可以加入 1 根肉桂、丁香 4 粒，煮 15~20 分钟。冷却后，往杯子里放入冰，兑入碳酸水，比例随自己喜欢，使用气泡多的碳酸水，会更可口。

生姜果汁

新生姜 200g、肉桂 1 根、砂糖 150g 、丁香 4 粒、水 250ml、柠檬汁 1 大勺

① 将新生姜切片。
② 除柠檬汁外的其他材料都放进去，点火。
③ 沸腾后，再用小火煮 15 分钟。
④ 用布巾过滤。
⑤ 加柠檬汁。
碎姜渣摊在笊篱上，在太阳下晾干。放进微波炉加热。撒上细砂糖。
锅中放入红茶和牛奶，开小火煮。
做成茶。
加热水。
做成热姜汁。
做成干姜水。
兑碳酸水。

赏月

自古以来，日本人就对月亮抱有亲近感。很长一段时间，人们根据月亮的阴晴圆缺制定历法，最古老的物语是《竹取物语》，从这些就能看出月亮这个天体在日本人的生活中是多么亲近的存在。

不光是圆月，三日月、十六夜、二十三夜、有明月（残月），看不见的“无月”。人们热衷于欣赏月亮的各种形状。将自己的情怀寄托于月亮的阴晴圆缺。这是我们文化的一部分。月见团子，因为形状像月亮，被认为月亮的精魂宿于此，人们会将它供奉于月光之中。

月见团子

细米粉 200g、温水 170ml

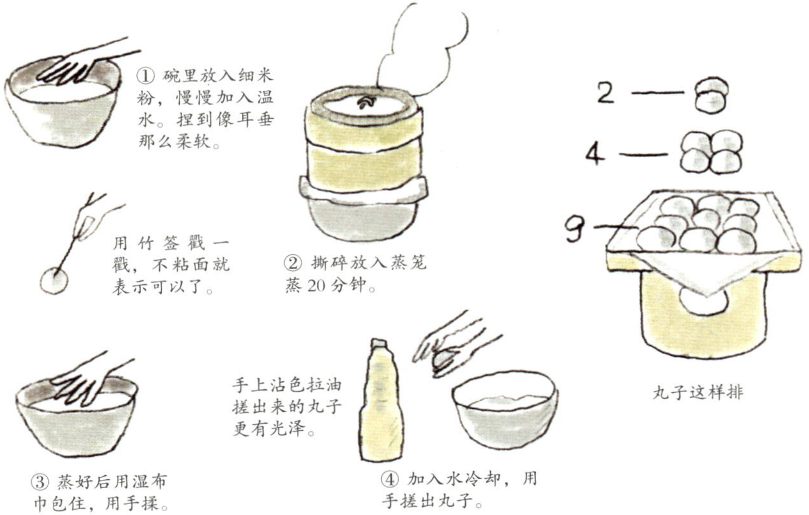

① 碗里放入细米粉，慢慢加入温水。捏到像耳垂那么柔软。
用竹签戳一戳，不粘面就表示可以了。
② 撕碎放入蒸笼蒸 20 分钟。
2
4
9
丸子这样排
③ 蒸好后用湿布巾包住，用手揉。
手上沾色拉油搓出来的丸子更有光泽。
④ 加入水冷却，用手搓出丸子。

冬瓜

绿色的表皮清新淡雅，光滑的表面。外形惹人喜爱的冬瓜上市了，让人不禁思量：怎么吃好呢？

平安时代的药物词典《本草和名》里记载了冬瓜，自古以来，都是日本人喜爱的夏季蔬菜。残暑尤酷之时，我来给大家介绍一款能给身体降热的冬瓜料理。

首先，将冬瓜纵向剖开，去皮后取出瓤和籽。将冬瓜和浸没冬瓜的酱汁放入锅中，煮至沸腾，调成中火，加少许盐、酱油、2 颗梅干，煮约 10 分钟。

冷热都很美味。柔和清淡的味道会渗入体内。皮切成碎丝，用芝麻油炒，也是很好的下酒菜。

梅煮

① 纵切，去皮后取出瓤和籽。

② 冬瓜切成一口可以吞下的大小，放进锅里，加入酱汁浸没冬瓜。

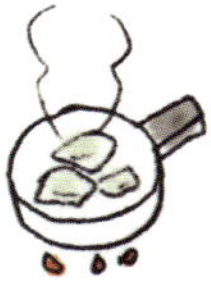

③ 煮至沸腾。加入少许盐和酱油，放入 2 颗梅干，煮大约 10 分钟。

冬瓜汤

冬瓜 1/4 个、水 1L、鸡肉糜 200g、汤底适量
生姜片、酒、盐、酱油各适量

① 冬瓜去皮后，切成 3cm 厚，一口可以吞下的大小。

② 锅里放水，将汤底放入①。

③ 冬瓜过火，放入鸡肉糜、生姜、酒、盐、胡椒，混合后再煮一会儿，使之入味。

荞麦新芽

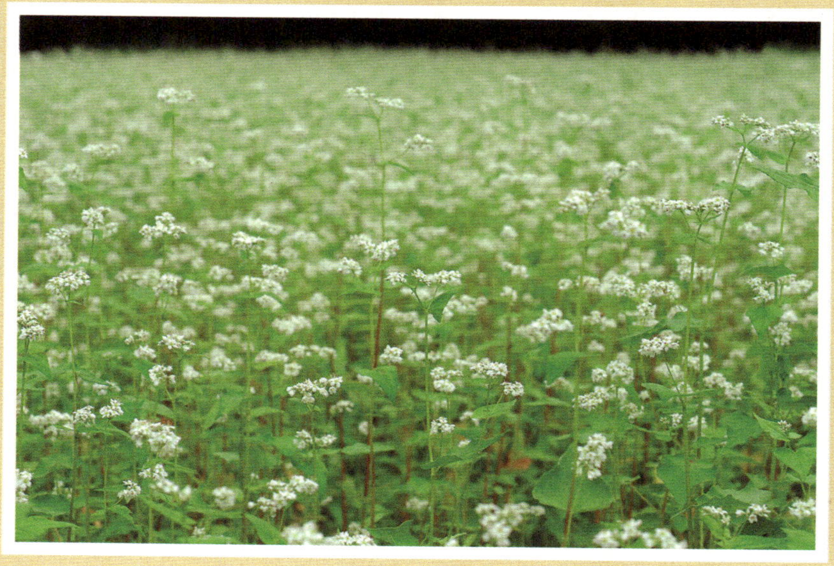

荞麦开出了白色的花，蜜蜂飞来采蜜。从荞麦花上采集的蜜是深褐色的。风味独特，据说是因为富含铁元素。

荞麦性情坚韧，在贫瘠的土地上也能生长，所以到处都可以看到荞麦花。撒下种子后，只要 70~80 天就能收获种子。硬硬的茶褐色种子呈三角形，去壳后磨成粉，就得到荞麦粉。

自己制作荞麦粉不容易，如果种植荞麦新芽，就简单了。在容器底部铺上湿纸巾，撒上荞麦种子，干了以后用喷雾器加湿。7 ～ 10 天后，营养丰富的荞麦新芽就长出来了。

营养丰富的荞麦新芽

荞麦
做汤。
小麦
制作青汁、绿色果昔的材料。
花椰菜
能除去致癌物质。有解毒的功效。比长成的花椰菜营养更丰富。
紫花苜蓿
维生素 A 含量堪比牛肝。蛋白质含量胜过牛肉和大豆。
新芽菜谱
做成色拉。
加酸奶和香蕉做成果昔。
发芽容器
草莓盒
铺上纸巾，用喷雾供水。放置在阴暗处，直至发芽，然后搬到光线明亮处。

无花果

无花果是江户时代进入日本的，从世界历史来看，它的历史久远。《圣经·旧约》里面就有记载，据说是人类最古老的栽培食物之一。原来如此，怪不得它的叶子和果实都古香古色。

用刀唰唰切开，一粒粒果实密密麻麻。嚼起来很有乐趣，这部分实际上是无花果的花。如其名所示，“无花果”的花不开在外面，看起来好像完全没有花。它的花开在果实里面，非常稀有。

吃掉无花果的花，好像有点残忍。不过这是无花果最美味的部分，只好对不起了。

无花果干的制作方法

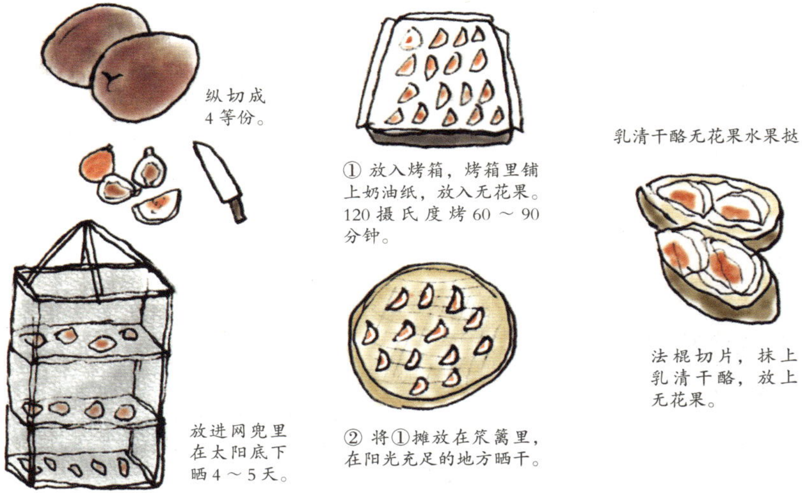
纵切成
4等份。
① 放入烤箱，烤箱里铺上奶油纸，放入无花果。120摄氏度烤60～90分钟。
② 将①摊放在笊篱里，在阳光充足的地方晒干。
放进网兜里
在太阳底下
晒4～5天。
乳清干酪无花果水果挞
法棍切片，抹上乳清干酪，放上无花果。

茶巾甘薯

甘薯自古以来就是救荒作物。江户时代，甘薯救人们于饥馑，在战争中，因为它栽培简单，作为一种主食大显身手。

甘薯挖出来的时候是紫色，看起来不新鲜，却意外地鲜美。光是蒸好了吃，就美味香甜。浇上糖稀的大学薯，蒸熟后切成 1cm 厚的薄片，在太阳底下晒干，就会成为让人饱腹的点心。

茶巾甘薯做法简单，形状可爱。甘薯蒸好后，剥去皮，趁热捣碎，可以随口味加入自己喜欢的蜂蜜或砂糖搅拌。变得黏稠后，包在湿茶巾里用力拧。打开茶巾，可爱的茶巾甘薯就做成了。

茶巾甘薯的做法

① 把甘薯蒸熟，剥开皮。

② 趁热捣碎，加入蜂蜜或砂糖搅拌。

花色多种多样
混合
原味
抹茶
加食用红色素
紫薯

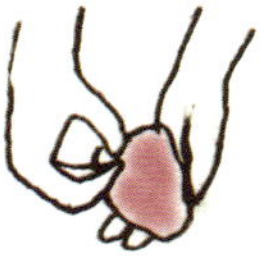

③ 用湿茶巾包一口大小的②，使劲拧。

添加生奶油变成一种新点心。

用刷子刷上蛋黄，放入烤箱，烧出焦痕也不错。

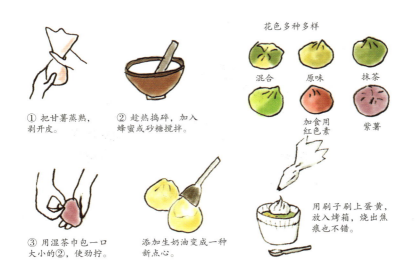

珠芽饭

道路旁边的树和矮树篱笆上，缠绕着日本薯蓣弯弯曲曲的藤蔓。循蔓望去，小土豆般的珠芽结满枝，令人不禁嘴角浮起微笑。一碰珠芽，就会落在地面上，所以要小心不要碰到藤蔓，飞快地摘取。

手里塞满了一把珠芽后，让我们来做“珠芽饭”吧。放入米和 1/4 分量的珠芽，再放入适量的酒、盐、酱油，蒸熟就好了。

冒着热气的白米饭带上了松软热乎、微带甜味的珠芽的香气。这温暖的当季美食就像秋天的寂寞。

珠芽饭

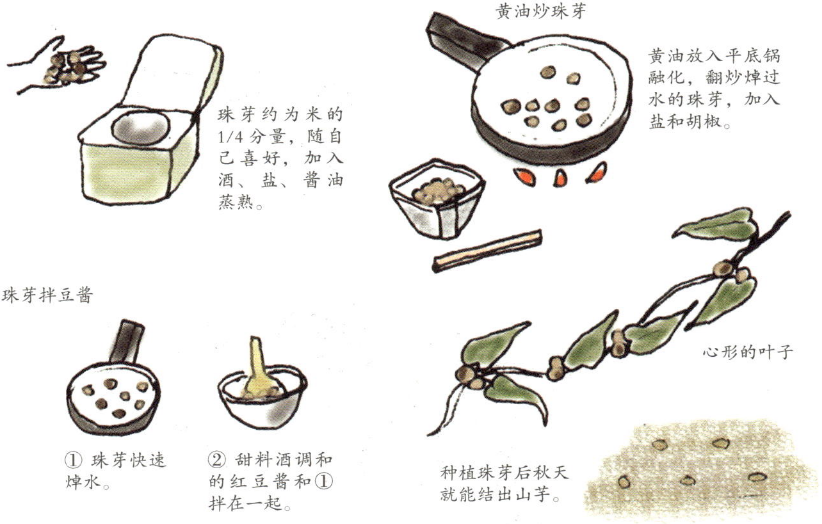
黄油炒珠芽
珠芽约为米的1/4分量，随自己喜好，加入酒、盐、酱油蒸熟。
黄油放入平底锅融化，翻炒焯过水的珠芽，加入盐和胡椒。
珠芽拌豆酱
① 珠芽快速焯水。
② 甜料酒调和的红豆酱和①拌在一起。
心形的叶子
种植珠芽后秋天就能结出山芋。

画卷寿司

尝试各种花样吧！

花模子

海苔
樱花鱼松
咸萝卜
寿司饭

在千叶、茨城等地，自古以来，在筵席上能吃到寿司卷，又被称作装饰寿司、节日寿司。

① 将鱼松和寿司饭混合，做出粉红色的米饭。

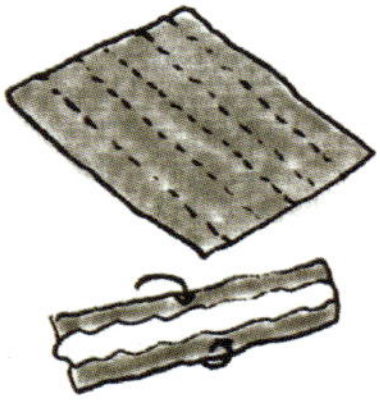

② 将海苔纵向分为6等份。放上①，合上海苔。做5根。

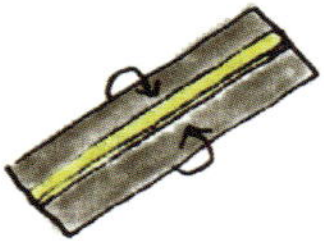

③ 像②一样，用海苔卷好咸萝卜。

④ 把②和③放在卷帘上，摆好花瓣和花蕊，紧紧地卷在一起。

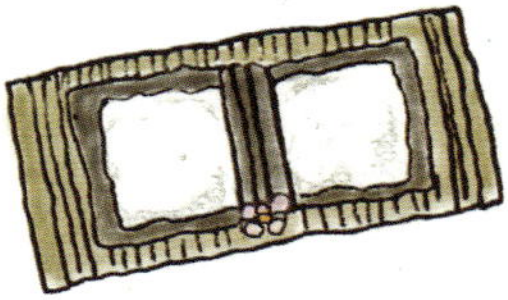

⑤ 把海苔和米饭放在卷帘上卷起来。

切出漂亮的寿司的诀窍

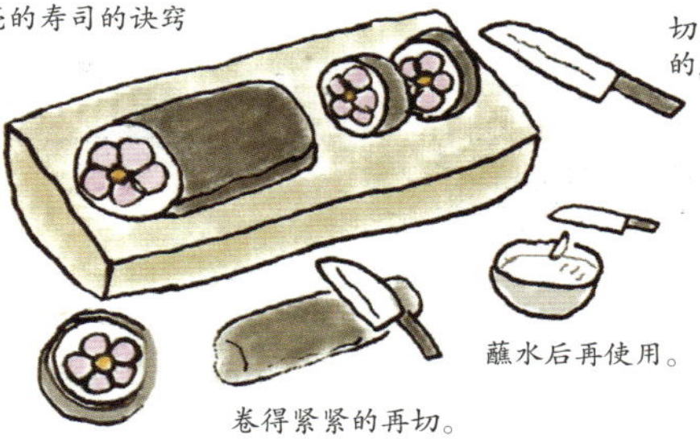
切成你喜欢的厚度。
蘸水后再使用。
卷得紧紧的再切。

美味油炸豆腐

最基础的油炸豆腐

① 把油炸豆腐切成两半，放在笊篱里，一圈圈浇热水。

② 锅里放入酱汁、砂糖、酒、酱油，煮开以后，放入①，开小火煮。

③ 等酱汁煮干后放置冷却。

20 人份

油炸豆腐 10 块
酱汁 300ml
大勺砂糖 7 勺
大勺酒 4 勺
大勺酱油 6 勺
米 4 合

芥末油炸豆腐

加入芥末搅拌调味。

生姜油炸豆腐

放入红姜丝。

柚子风味油炸豆腐

放进柚子切丝混合搅拌。

年糕油炸豆腐

年糕剖开，塞入油炸豆腐，放进微波炉加热 2 ～ 3 分钟。

梅干芝麻油豆腐

梅干、芝麻、味噌混合在一起。

糙米油炸豆腐

加入糙米饭。

镂空酸浆果

初夏采下的酸浆果，火候掌握得好，可以制作成“镂空酸浆果”。古名“鬼灯”把里面的红色果实比作灯火。名副其实，镂空酸浆果就像小小的灯笼。皮褪去以后，留下网状外壳，这自然的巧夺天工，令人不禁莞尔一笑。

镂空酸浆果可以自己制作。把酸浆果浸泡在水里,放置两周。每隔两三天换一次水。如果味道大，就每天换。在这期间，把慢慢融化的橙色果皮去掉，保持酸浆果外表干净。皮完全融化后，放在笊篱里，或是吊起来，风干后就做成了。

镂空酸浆果的做法

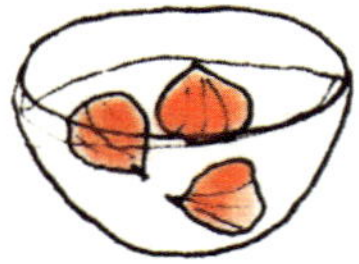

① 浸在水里1～2周。

② 用牙刷把果皮刷掉。

③ 吊起来晾干。

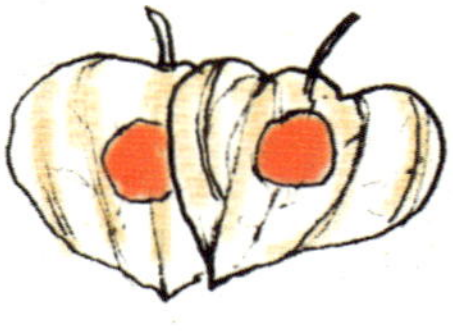

酸浆果灯

酸浆果开一条缝，塞进小电灯泡。

绿紫苏果

绿紫苏正摇晃着它可口的果实。前几天还开着小巧的淡紫色花朵，不知何时变成了绿色的果实。昂首向天的形状看上去很可爱。

紫苏的名字里有一个“苏”字，据说是因为在古代中国，一个年轻人严重食物中毒，名医给他服用紫苏，生命再次复苏。

据说紫苏确实可以解毒。不过它还有其他各种各样的用途。可以用作天妇罗的佐菜、刺身的佐菜、给酱油调味。我最近喜欢的吃法，是把绿紫苏的果实和小沙丁鱼拌在一起，放在热腾腾的米饭上，过一个香气扑鼻的秋天吧。

酱油渍紫苏果的做法

① 放在水里浸泡
半日左右，去苦味。
放在热腾腾的米饭上。
做成饭团
② 把①中的紫苏
果放进瓶里，倒
进酱油浸没果实。
凉拌豆腐
豆腐火锅
炒蔬菜

品菊

据说日本人从江户时代开始食用菊花。人们希望它有解毒效果，能延年益寿，也喜欢菊花美丽的颜色和沙沙的口感。

说起食用菊，大家都会想到黄色的花瓣。山形特产“岂有此理菊”名字奇特，颜色也是少见的淡紫色。据说这个名字来自“吃掉天皇家的御纹花，真是岂有此理”。

快速焯水后，放在冷水里，紫红色的花瓣更显得色泽鲜艳。可以做成凉拌菜，可以醋拌，也可以做成天妇罗、高汤。拈几瓣放在色拉上，更能显出色彩的美丽。

食用菊柿实菊

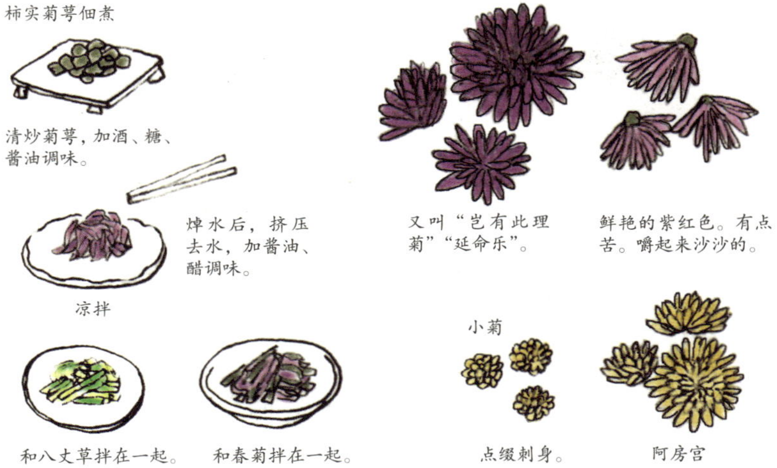
柿实菊萼佃煮
清炒菊萼，加酒、糖、酱油调味。
焯水后，挤压去水，加酱油、醋调味。
凉拌
和八丈草拌在一起。
和春菊拌在一起。
又叫“岂有此理菊”“延命乐”。
鲜艳的紫红色。有点苦。嚼起来沙沙的。
小菊
点缀刺身。
阿房宫

莲藕

夏天的莲池盛开着美丽的莲花，到了秋天，一片寂寥。地下的泥土中，莲藕正在使劲地生长。

莲藕又写作“莲根”。实际上它并不是根，而是“地下茎”。莲藕汤据说能调理肠胃，缓解咳嗽、喉痛。

做法很简单，准备莲藕汁 3 大勺、生姜汁 2 滴、少许盐、水 7 大勺。

把这些都放进锅里快速煮。煮太久会产生沉淀，沸腾前关掉火。喝着热乎乎的莲藕汤，心情舒畅。

莲藕汤的做法

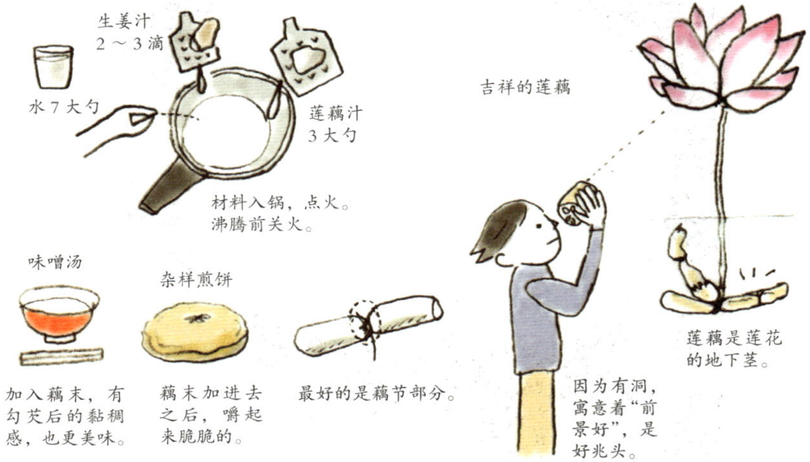
生姜汁
2～3滴
水7大勺
莲藕汁
3大勺
材料入锅，点火。
沸腾前关火。
吉祥的莲藕
味噌汤
杂样煎饼
加入藕末，有勾芡后的黏稠感，也更美味。
藕末加进去之后，嚼起来脆脆的。
最好的是藕节部分。
因为有洞，寓意着“前景好”，是好兆头。
莲藕是莲花的地下茎。

新米

秋天，很多食物都迎来了收获季节。其中最受大家喜爱的是新米。光泽晶莹、香味扑鼻的米饭，是无上的美味。

要煮出好吃的米饭，秘诀是少放点水。刚收获的米还没有彻底干燥。水分多，如果放的水和平时一样，煮熟的饭就会太烂。

米饭自古以来对日本人来说就是很重要的食物，甚至有人认为吃米饭会让人灵魂强大，意义神圣。

另外，供奉给神灵的供品中，经常就有米，这也体现了日本人对米的特别感情。

供品

日本的神社、神龛上供奉的祭品

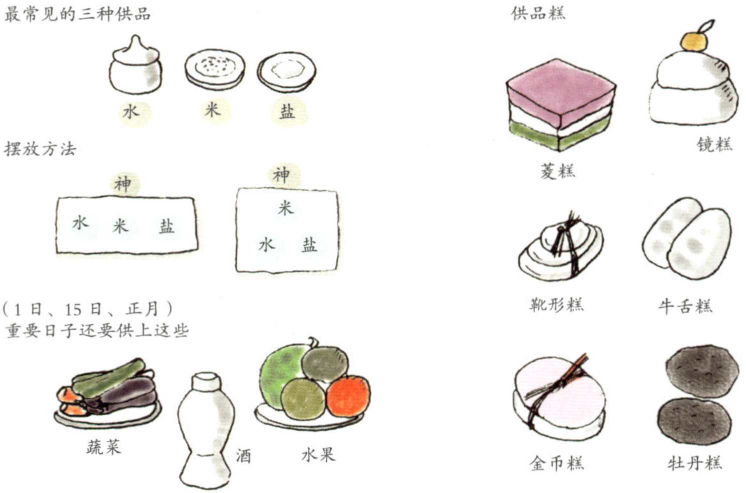
最常见的三种供品
水
米
盐
摆放方法
神
水 米 盐
神
米
水 盐
（1 日、15 日、正月）
重要日子还要供上这些
蔬菜
酒
水果
供品糕
菱糕
镜糕
靴形糕
牛舌糕
金币糕
牡丹糕

简单盖饭

Best 10

鳄梨盖浇饭

浇芝麻油
葱切小片
鳄梨
切成容易入口的大小。

泡菜
蛋黄

泡菜鸡蛋盖饭

韭菜温泉蛋盖饭

温泉蛋
白芝麻
炒韭菜

云吞香菜盖饭

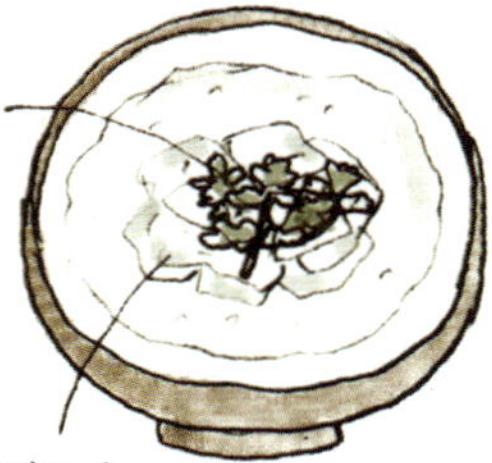
香菜
煮好的云吞

万能葱切小片
酱油曲子
蛋黄

酱油曲子蛋黄盖饭

小沙丁鱼豆腐盖饭

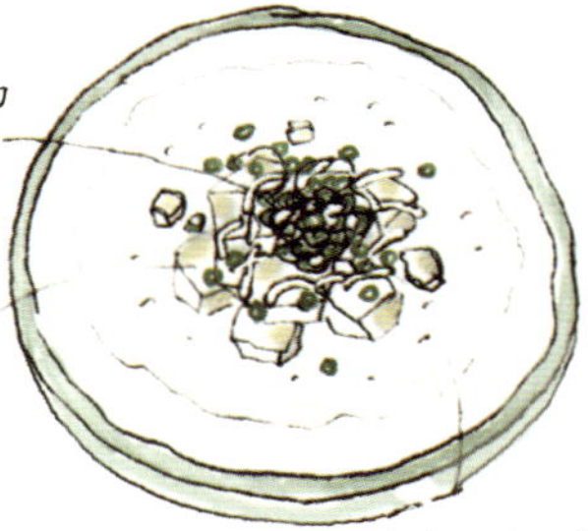
万能葱切
小片
美味豆腐
一口大小
锅起小沙丁鱼

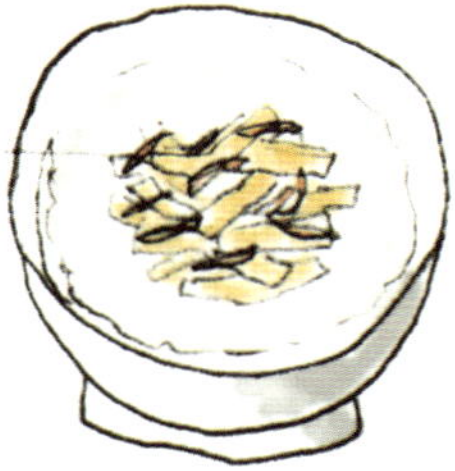
油豆腐切长
条，和洋葱丝
一起炒。

油豆腐意大利盖饭

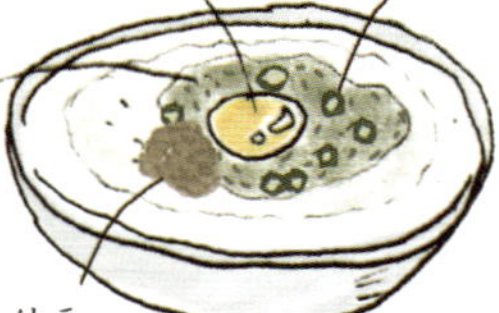
蛋黄
秋葵
切碎的雌株
纳豆

纳豆和秋葵雌株盖饭

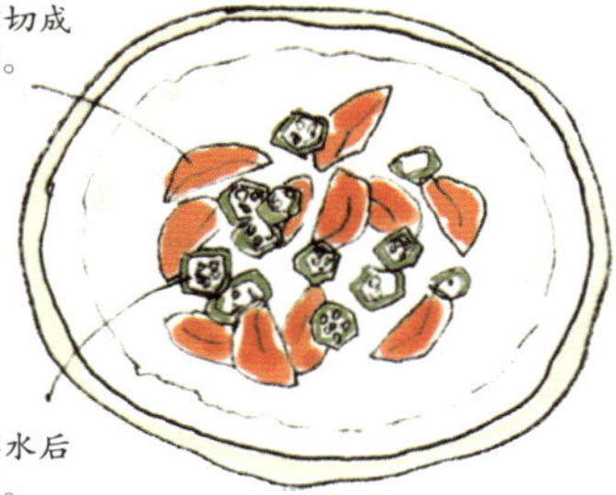
西红柿切成
月牙形。
秋葵焯水后
切小片。

西红柿秋葵盖饭

金枪鱼切成色子大小

葱切小片
蛋黄

金枪鱼黄身盖饭

通草

朋友给我送来了通草。和在山上见到的椭圆形通草不一样，朋友送来的通草是滚圆的。听说是自家种的，怪不得里面的果瓤像水晶一样晶莹剔透。

山上摘的通草不是这样的。变成紫红色后，想着可以吃了吧，已经太晚了。大多数时候蚂蚁这些小客人已经不请自来了。很难遇到新鲜完美的通草。

吃一口朋友送来的通草果瓤，芳醇的甘甜在口中扩散开来。取出果瓤，往果皮里塞入蘑菇、肉糜，放进烧热的平底锅，烧熟后去皮的通草塞肉十分美味。微带苦涩，适合大人。这道秋天的美味，一旦尝过一次就会年年怀念。

通草的吃法

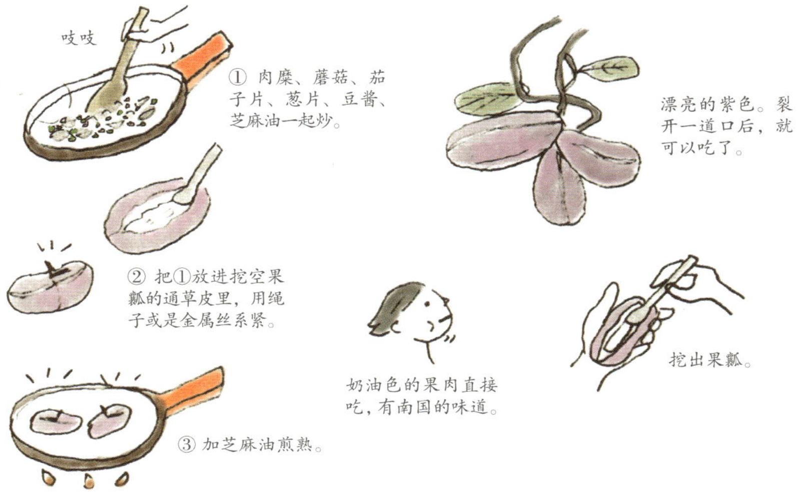

吱吱
① 肉糜、蘑菇、茄子片、葱片、豆酱、芝麻油一起炒。
② 把①放进挖空果瓤的通草皮里，用绳子或是金属丝系紧。
③ 加芝麻油煎熟。
漂亮的紫色。裂开一道口后，就可以吃了。
奶油色的果肉直接吃，有南国的味道。
挖出果瓤。

冬

霜月　十一月

师走　十二月

睦月　一月

寒气渐凌厉

如假包换的冬天到了

辞旧迎新

冬天似乎是忙乱的季节

不过也适合安静地

凝视自己的内心

品尝让身心都感到

温暖的冬季美食

呼唤新一年的好运气吧

雪兔

红梅

铃

柚子馒头

姬椿

重松

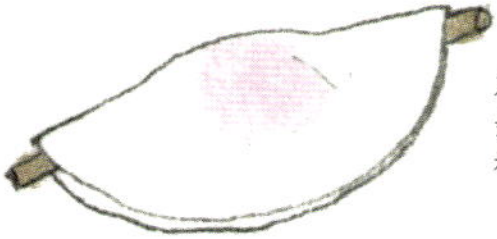
花瓣糕

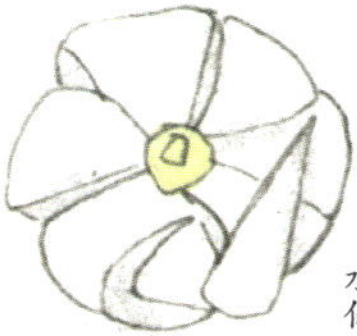
水仙

寒冰

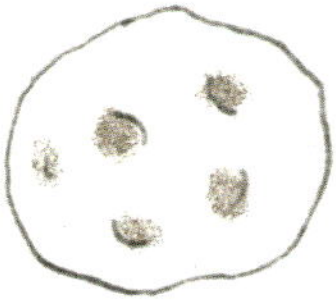
豆大福

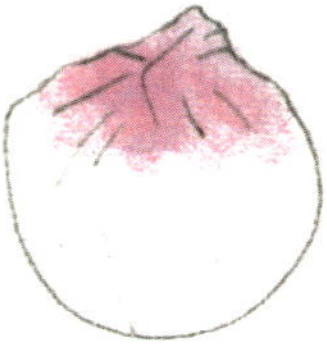
寒牡丹

五家宝

章鱼烧

天气忽然转冷，握握从室外进来的人的手，令人意外地冷冰冰。这个季节，就想一起吃点暖和的东西。

火锅也不错，我家常做的是章鱼烧。把章鱼烧盘加热，刷一层油，放入菜油，撒进章鱼、天妇罗渣、葱等你喜欢的材料。烧得差不多了，用竹签串好翻个身。手作的章鱼烧，可以随意添加自己喜欢的味道。推荐大家加鳕鱼子、熏猪肉、奶酪、泡菜、腌大芥等。

在店里买章鱼烧，看着升腾的热气，也是一大乐趣。光是看着就感觉心里一阵温暖。

外脆内黏章鱼烧的做法

薄力粉 300g、发酵粉 1 小勺、高汤粉 1 小勺、砂糖 1 小勺
盐 2/3 小勺、酱油 2 小勺、冰水 1L、鸡蛋 3 个

① 将薄力粉和发酵粉混合放进碗里使用起泡器就不用再摇晃混合。再放入高汤粉、砂糖、盐。

② 加入鸡蛋、酱油、冰水混合。

③ 将章鱼烧盘加热，多抹些油，将②倒入盘中。

④ 放入章鱼末、天妇罗渣、红姜等。

橙子

每年快到年末，我家附近的商店门口都堆满了小山一样的橙子，招牌上还写着“请随意品尝”。经过店门口，看到“橙”字，令人心情愉快，不禁要多看几眼。

平常见惯的风景事物，正是这些重重积累构成了我们的人生。这样一想，就希望自己永远保持温柔的心，这才是一年的年末应有的心态。

橙子代表福气。就算冬天过去，只要不去摘它，橙子可以在枝头上挂两三年，因此它寓意着“重要的东西代代相传”。现在正月的镜糕上供奉的多是柑橘，本来应该是橙子。

自家制橙汁

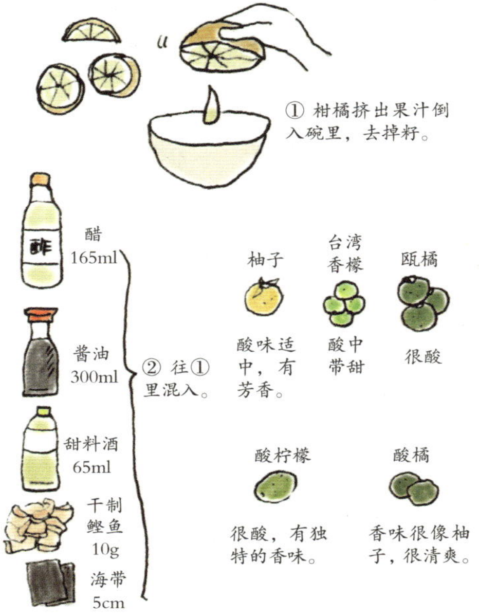

① 柑橘挤出果汁倒入碗里，去掉籽。
醋
165ml
酢
酱油
300ml
甜料酒
65ml
干制鲣鱼
10g
海带
5cm
② 往①里混入。
柚子
酸味适中，有芳香。
台湾香檬
酸中带甜
瓯橘
很酸
酸柠檬
很酸，有独特的香味。
酸橘
香味很像柚子，很清爽。

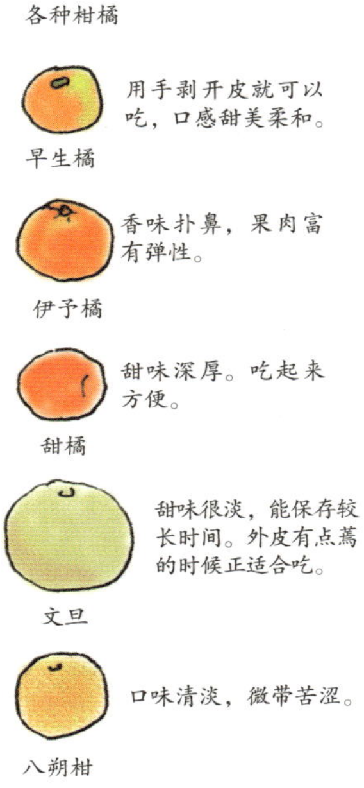

各种柑橘
早生橘
用手剥开皮就可以吃，口感甜美柔和。
伊予橘
香味扑鼻，果肉富有弹性。
甜橘
甜味深厚。吃起来方便。
文旦
甜味很淡，能保存较长时间。外皮有点蔫的时候正适合吃。
八朔柑
口味清淡，微带苦涩。

柚子萝卜干

小雪过后，时常还有暖暖的日子，让人忘记还在冬天。不过，空气已经变得干燥了。这干燥的空气，让人跃跃欲试，想做一做柚子萝卜干尝一尝。萝卜和柚子的香气，正当时节。在嘴里嚼一嚼，嘎吱嘎吱，风味、口感都令人满足。

做法是将萝卜切成 1mm 的薄片，放在笊篱里风干，直到变软。切成方柱形的柚子皮放在中间，用萝卜片卷起来。用穿好线的针穿过，吊起来，晾 2~3 天。还可以把姜丝也卷进去。2 大勺醋，酱油、砂糖各 1 大勺，按这个比例混合后，腌半天，就可以尽情吃了。

手制萝卜干

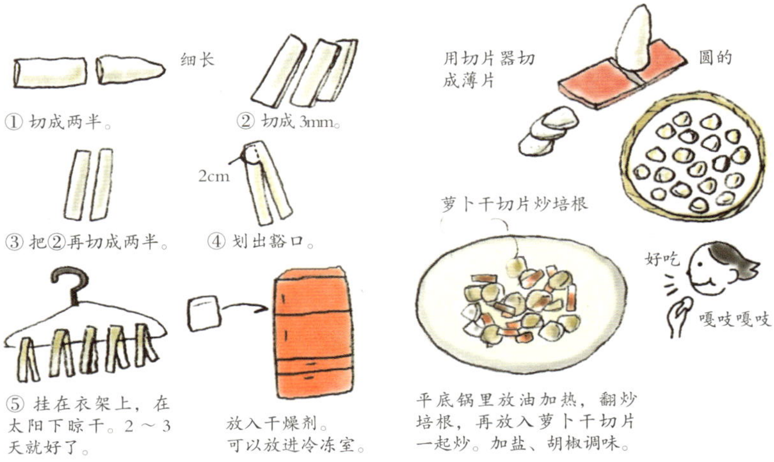
细长
① 切成两半。
② 切成 3mm。
③ 把②再切成两半。
2cm
④ 划出豁口。
⑤ 挂在衣架上，在太阳下晾干。2 ~ 3 天就好了。
放入干燥剂。
可以放进冷冻室。
用切片器切成薄片
圆的
萝卜干切片炒培根
好吃
嘎吱嘎吱
平底锅里放油加热，翻炒培根，再放入萝卜干切片一起炒。加盐、胡椒调味。

烫荞麦面饼

烫荞麦面饼，是荞麦面粉加入开水糅合出来的。做法有两种，一种是碗里放入荞麦面粉，加热水搅拌，一种是把水和荞麦面粉的混合物放在锅里加热，用筷子一直搅拌，直到变黏。

面团捏圆，加入萝卜碎、葱碎、芥末等，蘸酱油或是佐料汁吃。用筷子捣碎，加香料后，就是绝佳的下酒菜。小口小口吃，荞麦香弥漫在口中。

煮好的面营养成分会流失在面汤里。烫荞麦面饼的风味和营养俱佳。味道直接反映在舌头上，有好的荞麦面的话一定要试一试。

烫荞麦面饼（大人的零食）

荞麦面粉 80g、热水 250ml

① 干炒荞麦面粉几秒钟，然后放入开水糅合。
② 把①放进有水的碗里，分成一口大小的丸子。
蘸芥末、酱油，一口一口慢慢吃。
荞麦面块
① 团成一口大小。一直煎到变色。
② 煎之前，加入葱碎、生姜碎等，更美味！
荞麦面酱油里加生姜、葱、五香粉。

佃煮

寒冷的冬天，最想念的是热乎乎的食物。在离我家最近的车站旁边，有一个小小的佃煮屋。暖融融的热气和食物的香味一起传来，让人不禁想去一探究竟。

提到佃煮，东京平民区出生的丈夫，就会充满怀恋地谈起自己的童年。佃煮的摊头来了，大人小孩都围拢来，这里成为镇上的人气聚集地。大家一边吃一边和气一团地度过温馨的时间……听到这些，我油然神往，也想吃佃煮了。

螺贝、田乐豆腐、牛筋、竹轮麸、白果、章鱼等，各地的材料不同，让人想尝遍日本各地风味。

佃煮材料图鉴

美味汤汁
汤汁配料
酱汁 1L
淡酱油 60ml
砂糖 1 大勺
甜料酒 60ml
盐 1/3 小勺
鱼肉山芋饼
角多为宜
油炸豆腐
荷包年糕
把年糕塞进油豆腐里。
猪肉串
把猪肉切块，用竹签串起来。
毛豆
把毛豆串在竹签上。
萝卜
去除表皮后更美味，也不容易烂。
魔芋丝
胜利卷
竹轮麸
马铃薯
五月皇后马铃薯不容易煮烂。
海带
海带结代表吉祥、福气。
煮蛋
先把蛋煮好。
章鱼
往中等大小的章鱼脚上插竹签。
魔芋
划出痕来。

红辣椒油

哥伦布将红辣椒从中南美洲带回西班牙，从此红辣椒走向了全世界。世界各地的人都爱它。原因之一，是红辣椒不光能生长在日本这样的温带地区，还能适应各种气候风土。光凭这一点，红辣椒似乎就能给人带来力量。

万能的红辣椒油简单易做，用在面、浇汁里，风味拔群。做法是：色拉油、橄榄油各半杯放入锅里，点小火，放入红辣椒 2~3 根，魔芋碎、生姜碎各 1 小勺，加热 30 分钟左右。冷却 10 分钟，放在瓶子等器皿里冷却。

红辣椒油

色拉油 100ml、橄榄油 100ml、红辣椒 2 ～ 3 根、魔芋碎 1 小勺、生姜碎 1 小勺

① 所有材料放进锅里，小火煮 30 分钟。

② 冷却后放入瓶中，完成。

驱魔

驱魔皮绳
在横滨中华街有卖。

加汤里

炒圆白菜加红辣椒油

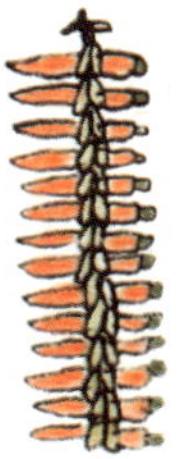

挂在玄关内驱魔

用飞驒高山的新鲜红辣椒和稻子做成。

香煎茶

年轻的时候，就算被告诫会带来寒气，手还是不由自主地伸向冷饮。人生过半，渐渐想念起热饮了。日本茶、樱花茶、白开水，日本人喜欢的热饮，没有纤细的感觉都无法享受。

其中，我最满意的是“香煎”。花椒、紫苏、熟柑橘的皮、晾干的陈皮等磨成粉，和盐混合在一起。可以放进开水里喝，经常用在茶会上。

茶碗里注入开水，粉末状的香煎舀 1/4 小勺左右，倒进去就可以饮用。来一起品尝这幽幽的香气吧。

炒面粉饮品

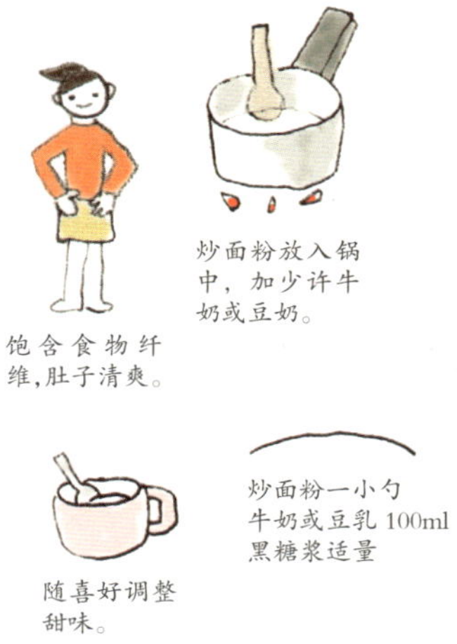
炒面粉放入锅中，加少许牛奶或豆奶。
饱含食物纤维，肚子清爽。
炒面粉一小勺
牛奶或豆乳 100ml
黑糖浆适量
随喜好调整甜味。

品尝香煎

盐
红紫苏粉末
盐
芝麻
盐
柚子丝
豆腐丁
有单卖的豆腐丁。配茶泡饭也很好吃。还有五彩的豆腐丁。
在茶会的等待时间里享受的饮品。

柑橘

邻居送给我自家庭院采摘的柑橘。直径大约 5cm，小巧可爱。

邻居说："可能会很酸哦。"我战战兢兢吃了一口："啊，好甜！"这是令人怀念的柑橘味道。因为无农药，橘子皮风干后泡在洗澡水里，在这个寒冷的季节正合适。

我家最受欢迎的是"烤柑橘"。柑橘里含有清除体内积累的疲劳物质的成分，据说在感冒初期吃柑橘，很有疗效。

或是整个儿放在烤箱里烤，或是放在煎烤网上烤到发黑，浇上热水，品尝热乎乎的柑橘汁。

烤柑橘的做法

① 在煎烤网上烤整个柑橘。一直到发黑。
② 往烤好的柑橘上浇热水。

招福的柑橘

柑橘之神田道间守
他去寻找长寿不老的果实"非时香果"，找到的就是柑橘的祖先。

冬至

冬至，是一年之中白天最短，夜晚最长的日子。

每年都是这样，这一天，太阳很快下了山，夜幕降临，让人有点不习惯。这一天，常令我感到有些寂寞。应该不是我一个人这样吧。

不过，冬至这一天一过，白天就会越来越长。寒冷的天气还会持续，但看起来很虚弱的太阳光似乎一天天在恢复元气。

所以，冬至这一天又意味着“一元复始”，“虽说恶劣的状况还在持续，但马上会好转”。冬至这一天，吃吃南瓜，泡个柚子澡，都充满乐趣。

南瓜菜谱

南瓜鲜奶油色拉

① 把南瓜切成一口可以吞下的大小，先蒸好。

② 鲜奶油打出泡。

③ 冷却的南瓜和①混合在一起。

滑腻的奶油南瓜，加入煮熟的小豆也很好吃。

怎样度过冬至？

泡个柚子澡，祛除邪气。

乌冬面

装饰好运盘。放入有“ん”的东西表示好运头。

吃带“ん”的食物。

白果

蜜渍柚子

庭院里的青柚子已经变成了金黄色。这个季节气温变化剧烈，有很多人会感到身体不适。

柚子比柠檬含有更多的维生素 C，正适合这些人。冬天，蜜渍柚子是最好的饮品。柚子切片后去掉籽，放入瓶里，放进自己喜欢的蜂蜜，放置 7~10 天，就做成了。舀 1~2 勺加入热水里，就是好喝的柚子茶。还可以像果酱一样涂在面包上，或是放在酸奶里，用法多种多样。在暖融融的房间里有点头晕，还可以兑苏打水喝。

成熟的柚子像一盏盏灯挂在枝头，本来可以再观赏一段时间，但不久就会被山上下来的松鼠吃掉，每天都得小心看护。

制作柚子巧克力

① 剥掉厚厚的皮，放在锅里煮，去苦味。

② 另外用一个锅，放入砂糖和水，煮大约 2 分钟，把①放进去，煮沸。

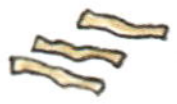

③ 把②的水分挤出来，切成 4 ~ 5cm 长的细条。

④ 浇上融化的巧克力，放在饼干纸上，等凝固后撒上可可粉，就做成了。

蜜渍柚子

柚子切片，放进瓶子里，放入蜂蜜。

冻豆腐

日本的传统美食“冻豆腐”。高野豆腐、连豆腐、冰豆腐、千早豆腐等，各地叫法不一，原因是诞生的由来不一样。

例如，高野豆腐，如其名所示，据说是高野山的僧侣吃的豆腐偶然冻住，化冻后一吃，竟意外美味。连豆腐是东北地方的叫法，用稻草扎起来吊在屋檐下做成的，所以有这个名字。

冻豆腐可以煮着吃，加调味料后煎炸，味道很不一样，不过还是意外地好吃。可以长期保存，用作预防灾难的保存食品再合适不过了。

煎冻豆腐

① 泡发豆腐，加调味料。水浸没豆腐，加酱油、魔芋碎、生姜碎，量随各人喜好。

② 挤压①。

③ 切成色子大小。

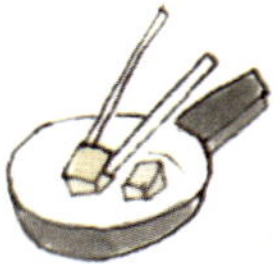

④ 撒上小麦粉，煎炸，也可以裹上蛋汁和面包粉做成炸猪排风味。

没有面包粉的时候

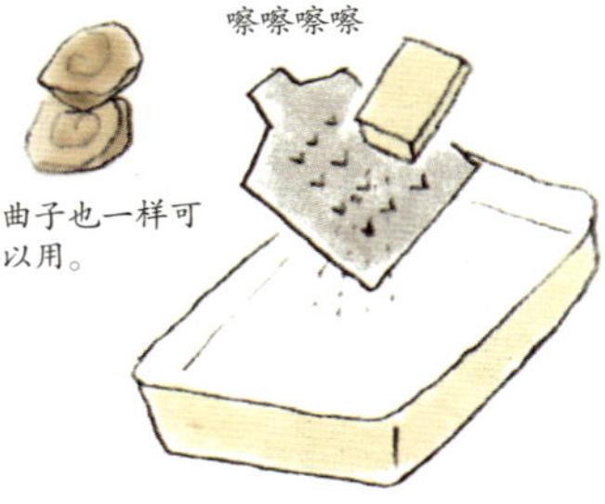
嚓嚓嚓嚓
曲子也一样可以用。

擦成粉末后可以代替面包粉用。口感柔滑。

葛粉苹果

含有葛粉的食物，有暖身子、调理肠胃的作用。感冒或是肚子不舒服的时候，最适合吃含有葛粉的点心。加热以后，葛粉会变得黏黏的，加入少量水，加进汤或是味噌汤里，喝下去身体变得暖融融。葛粉 1 大勺和水 1 杯放进锅里混合，强火加热，变得透明之后葛粉汤就做成了。吃不了市面上卖的太甜的成品的人，可以试试自己做。

小孩和老人喜欢的是葛粉苹果。

取半个苹果，用银杏叶切法切成 1cm 左右长的苹果块儿。加少量水，盖上盖子，蒸到苹果变软。加入葛粉 2 大勺、适量的水，搅拌至透明就做成了。

苹果蜡烛的做法

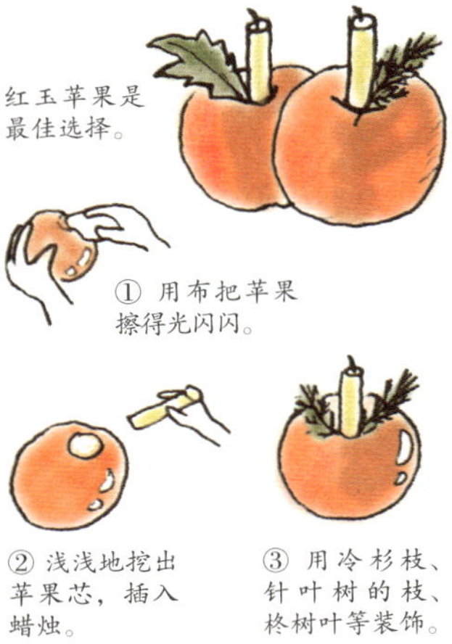
红玉苹果是最佳选择。
① 用布把苹果擦得光闪闪。
② 浅浅地挖出苹果芯，插入蜡烛。
③ 用冷杉枝、针叶树的枝、柊树叶等装饰。

葛粉苹果的做法

水 4 大勺、苹果半个、葛粉 2 大勺

① 苹果切成银杏叶状。
② 往①里加少量水，煮到苹果变软。
③ 往②里加入水溶葛粉，变透明后就做成了。

正月料理

正月的节日料理，每一道都象征着好运。塞得满满的漂亮饭盒令人印象深刻，很多人觉得自己无论如何也做不出来，所以选择去超市买。不过，如果自己做的话，可以掌握甜味的浓淡，调整成自己喜欢的形状和颜色。

我们先不追求品类繁多，先以营造节日气氛为目标，亲手制作几种怎么样？多使用装饰叶子，品类少一些，多留白，是装盒的秘诀。留白多，反而更显品位，更有“日本料理”的雅致。可以像在盘子里作画那样，试一试吧。

带来好运的正月料理

剩菜还可以这样吃

茶巾甘薯

茶巾甘薯浇上鲜奶油，就是一道点心。

红白凉拌菜

朝鲜风味盖浇饭。

红白鱼糕

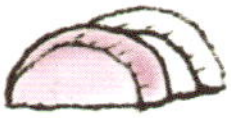

红白象征生生死死。

鱼肉末鸡蛋卷

形状像书卷和画卷。象征着学问。

海带卷

与“欢喜”谐音。

栗子金团

黄金色，可以提升胜负运。

青鱼子

象征子孙繁盛。

黑豆

寓意越是辛勤工作，越健康。

多福豆

象征多福的蚕豆。

红白凉拌菜

红色、白色是吉祥色。

正月料理盒的装法

田字

数目为奇数看上去更和谐。装饰上叶子更添情趣。

段取

相邻的颜色反差大。制造出反差效果。

形形色色的正月料理

搭配花朵。

间隔留大一点。

直接放在托盘上。

盛在小碟子里

塞进竹子里。

花麸
绘花小碟多福豆
装饰鱼糕
秋葵冻
酒盅栗子金团

增添节日气氛的配角

装饰叶子

寓意吉祥，有防腐效果。

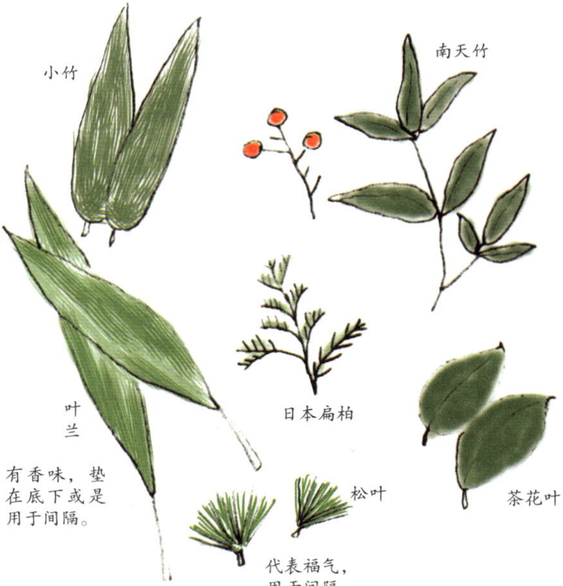

小竹
南天竹
日本扁柏
叶兰
有香味，垫在底下或是用于间隔。
松叶
茶花叶
代表福气，用于间隔。

雕花装饰

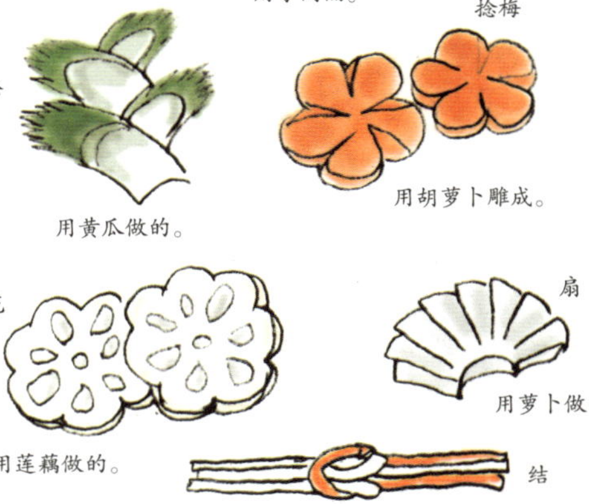

松
用黄瓜做的。
捻梅
用胡萝卜雕成。
花
用莲藕做的。
扇
用萝卜做的。
结
用胡萝卜和萝卜做成。

七草粥

1 月 7 日是日本五大民间节日之一的人日，是喝七草粥的日子。采摘嫩菜吃祛邪气的日本古代风俗和中国的节气融合，形成了这个节日。也许是因为时节的偏差，这个季节就算去找七草，也不能全部找到，时候还有些早。实际上能采到的只有繁缕、芜菁、萝卜。

自古以来，各地的七草粥里放的东西都各不相同。采摘嫩菜，一开始的出发点就是用当时当地的嫩菜制作七草粥。喝七草粥的目的本来是为了汲取新芽的力量，并不一定要凑齐七种草，还是随遇而安，吃下能采的嫩草吧。

七草粥的做法

① 将要放入粥里的七草细细切碎。

② 做好的粥里放入七草，盖上盖子。

七草以外可以用的材料

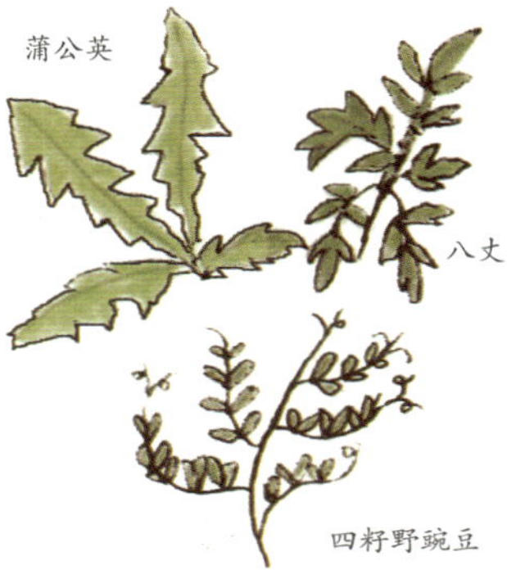

干饭

冬天干燥的日子一直持续，洗过的衣服马上就能干，潮湿的梅雨季好像发生在异国他乡。令人不禁感叹日本气候的多变。

春季越来越近，空气也变得越来越湿润。春季到来之前，先来试试制作可以保存的干粮。开腹的鱼，切成薄片的胡萝卜，蒸熟的甘薯，放在笸箩上晒干就做成了。

煮熟的米用水洗去黏性，晒得脆脆的，就是“干饭”。在水里浸泡过后马上就能吃。自古以来就是方便携带和保存的干粮。放进抹过油的平底锅里翻炒，加点酱油调味，就得到了香喷喷的美味。

锅巴的做法

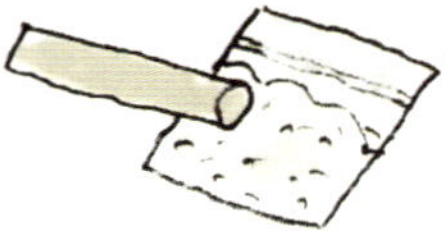

① 米饭不洗，放进自封口的保鲜袋，用擀面杖压薄。

② 从袋子里取出来，小心不要弄碎，花3～5天晒干。

③ 油煎至油豆腐颜色。锅还未热的时候就加入油。

浇上中式酱汁，就是中式锅巴！

铺好耐油纸，把微波炉调到强档干燥也可以。

干饭的做法

① 把剩饭快速过水清洗。

战国时代的便当。

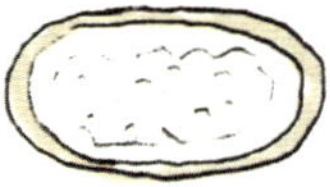

② 在太阳底下晒到硬邦邦。干燥后保存，可以保存数年。

水烧滚后放进去，盖上锅盖蒸好后食用。

加油快速炒。

干燥蔬菜的做法

准备

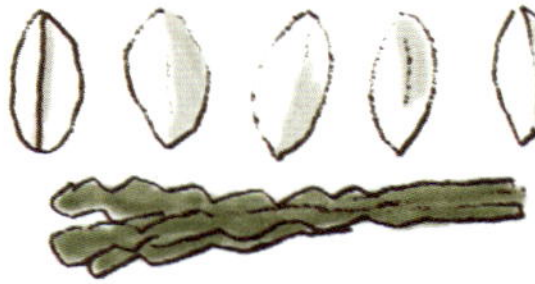

芜菁切成半月形。茎也晒干。

西红柿切 5mm 厚的薄片，去籽。

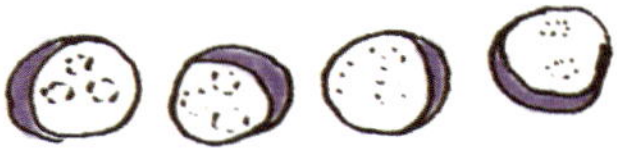

茄子切成 5mm 的圆片，直到可以看见黑色的籽。

小西红柿对半切。

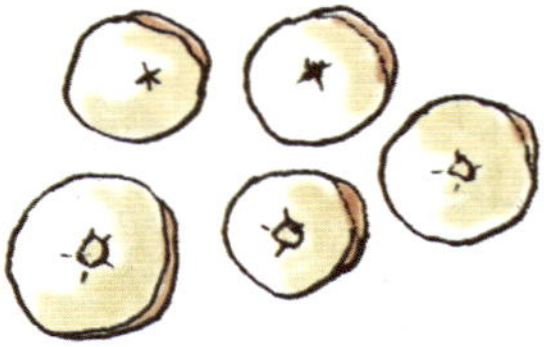

苹果带皮切成薄片，去掉芯。

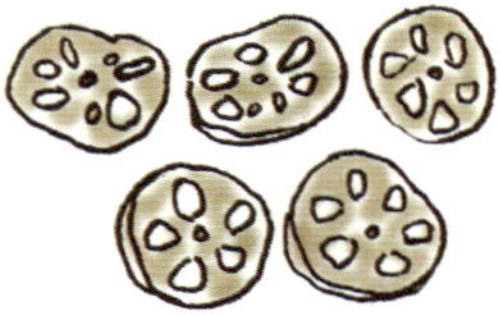

莲藕切成薄片。

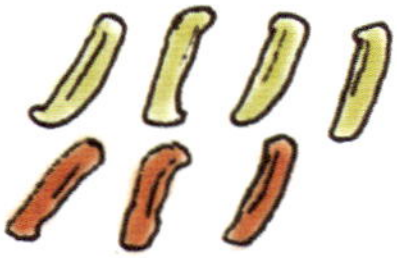

红辣椒去皮后切开，表面干燥。

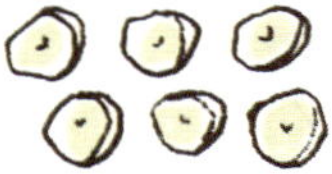

大蒜切薄片。

生姜切薄片。

干香料

葱切小片。

香菜切碎。

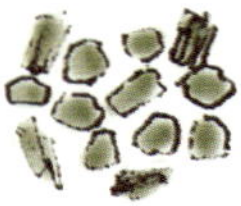

鸭儿芹切碎。

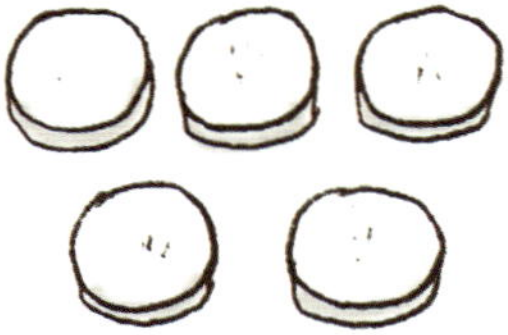

萝卜 切厚片，煎炸。

各种干燥法

太阳底下

可以用餐纸吸去水分。天气好的时候在太阳底下晾干。晒半天左右就很美味。

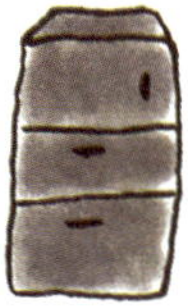

然后晒到自己认为合适的程度。放在冰箱里保存就可以了。

用烤箱

100 摄氏度下烤 20 ～ 30 分钟。带叶子的不适合放在烤箱里烤。

用微波炉

铺好餐纸，用微波炉加热 4 分钟。

干燥蔬菜做的凉拌菜

凉拌汁

大蒜汁 2 勺
月桂子 1 颗
红辣椒 1 根
橄榄油 100ml
酒醋 1 大勺
盐、胡椒适量

用平底锅翻炒干燥蔬菜，然后浇上凉拌汁。

千年糕片

1 月 11 日是吃镜糕的日子（各地具体日期稍有不同）。这一天，人们会吃供奉给年神的镜糕。人们相信，吃神佛前撤下的贡品，会获得神圣的力量。为了不要切断与神明的缘分，不能用刀切，而要用金锤敲开，或是用手掰开。

镜糕一般放进小豆汤或是杂煮里吃，油炸后做成干年糕片，既简单又美味。揪出 1 ～ 2cm 的小团，油炸得脆脆的，就做好了。有水分的话，油会溅出来，所以揪碎后，要好好风干。

煎炸之后，年糕会膨胀，体积会变大。趁热的时候撒上鱼粉拌紫菜、盐、砂糖，就可以吃了。

干年糕片的做法

浇咖喱粉或是茶泡饭调料。
干燥后用手掰碎。
小正月的装饰物——年糕花。将小小的、圆圆的红白年糕装饰在枝头。
油煎成脆脆的年糕，撒上盐。
像捣年糕的石槌
平时吃的时候，浇上水放入微波炉加热。
欣赏完之后，将年糕折下来，油煎后食用。

小豆粥

1 月 15 日小正月是吃小豆粥的日子。小豆粥能祛除一年的邪气，预防疾病，是招福的食物。

红色的小豆据说代表神秘。实际上，小豆有利尿作用，能缓解内脏的疲劳，正适合对正月吃腻了美味佳肴的胃。

跟大家熟悉的七草粥比起来，现在做小豆粥的人不多了。前一天煮好小豆，放进粥里，点火煮，加入适量的盐，就做成了。可以品尝清爽的小豆味道。

简单小豆粥的做法

① 煮好的饭里放水，再煮一段时间。

② 放入煮好的小豆。加盐。

③ 放入烤箱里烤好的年糕，再煮一会儿。

软软的、黏黏的、美味。放入柚子切丝，更美味。

小豆招福

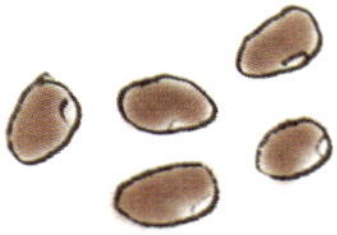

小豆的红色能驱魔。

祛秽清洁“小豆”的发音跟侍奉神灵的“斋官”近似。

日本酒

不知不觉间，感觉白天变长了，不由得要再三确认日落的时间。春天步步走近，翻翻日历，下周就是立春了。但是，风仍然很冷，依恋热饮的日子还要再持续一阵子。

把生姜泡在35度的烧酒里，做成生姜酒，虽然美味，但忽然心血来潮想喝的时候，还有一个更简单的选择。只要往烫好的日本酒里放入生姜擦丝就可以了。

刚感冒的时候，或是感觉身体冷的时候，最适合喝这种酒。可以放入切碎的生姜，或是生姜擦丝的汁液，随你喜好。暖气会从身体内部慢慢升起。

烫酒

① 在日式酒壶里倒入酒，锅里放入能浸没酒壶七八分的水，煮沸。

② 水煮沸冒气泡的时候，把酒壶放在正中间，调成中火。

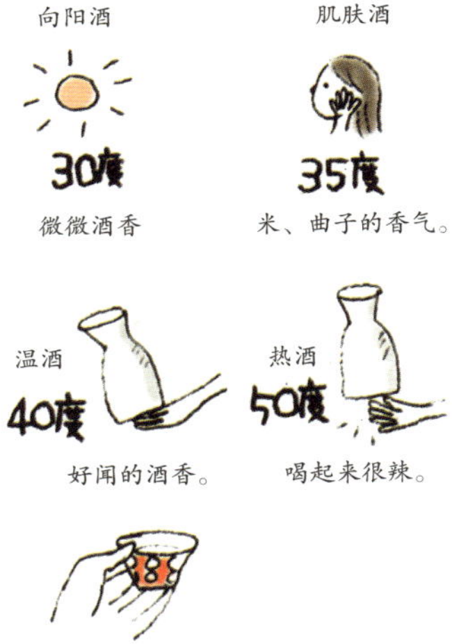
向阳酒
30度
微微酒香
肌肤酒
35度
米、曲子的香气。
温酒
40度
好闻的酒香。
热酒
50度
喝起来很辣。

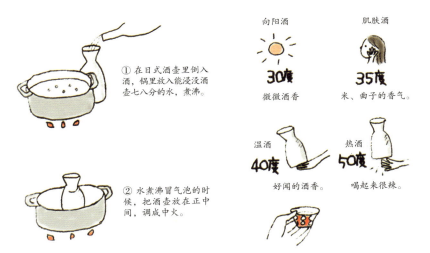

后记

在《东京新闻》《中日新闻》连载《生活岁时记》已经到了第七个年头。每周一次，在报纸上谈谈季节，得到这种机会，令我十分开心。同时，在我心底，一开始就抱有微微的不安，害怕某一天没有可写的话题。不过，我发现，一拿起笔令我颇费思量的倒是如何取舍。关于日本季节的话题，丰富多彩，越发掘越觉得取之不尽。

在连载的过程中，我再次体会到，就算只是短短的一周，季节也确实在不断变化。我获得了从各个角度细致地观察生活的机会，自己人生的体验加深，也养成了观察四周的习惯，这一点令我感到喜悦。

为这本书的诞生出过力的各位、拿在手里阅读的读者，希望这本书能给你们带来更丰富的生活体验。

图书在版编目（CIP）数据

有味小日子 / (日) 广田千悦子著 ; (日) 广田行正摄 ; 刘玮译. — 北京 : 北京联合出版公司, 2017.12
ISBN 978-7-5596-1202-1

Ⅰ. ①有… Ⅱ. ①广… ②广… ③刘… Ⅲ. ①散文集－日本－现代 Ⅳ. ①I313.65

中国版本图书馆 CIP 数据核字（2017）第 263107 号

KOFUKU DAYORI
by Chieko HIROTA
by Yukimasa HIROTA

版权合同登记号 图字：01－2017－7487

有味小日子
作　　者：〔日〕广田千悦子
摄　　影：〔日〕广田行正
译　　者：刘　玮
责任编辑：张　萌
封面设计：吕彦秋

北京联合出版公司出版
（北京市西城区德外大街 83 号楼 9 层 100088）
北京盛通印刷股份有限公司印刷　新华书店经销
字数 191 千字　787 毫米 × 1270 毫米　1/32　6 印张
2017 年 12 月第 1 版　2017 年 12 月第 1 次印刷
印数　1–10000
ISBN　978-7-5596-1202-1
定价：39.80 元